白马山庄谜案

〔日〕东野圭吾 著
袁斌 译

人民文学出版社
PEOPLE'S LITERATURE PUBLISHING HOUSE

著作权合同登记号　图字 01-2017-7071

图书在版编目(CIP)数据

白马山庄谜案 /(日)东野圭吾著;袁斌译.
—北京:人民文学出版社,2017(2023.1 重印)
(东野圭吾作品)
ISBN 978-7-02-013488-5

Ⅰ. ①白…　Ⅱ. ①东…　②袁…　Ⅲ. ①长篇小说-日本-现代　Ⅳ. ①I313.45

中国版本图书馆 CIP 数据核字(2017)第 262021 号

责任编辑　**陈　旻**
特约策划　**陶媛媛**
封面设计　**汪佳诗**

出版发行　**人民文学出版社**
社　　址　**北京市朝内大街 166 号**
邮政编码　**100705**

印　　制　**上海盛通时代印刷有限公司**
经　　销　**全国新华书店等**

字　　数　**135 千字**
开　　本　**890 毫米×1240 毫米　1/32**
印　　张　**8.5**
版　　次　**2011 年 2 月北京第 1 版**
印　　次　**2023 年 1 月第 8 次印刷**

书　　号　**978-7-02-013488-5**
定　　价　**55.00 元**

如有印装质量问题,请与本社图书销售中心调换。电话:010-65233595

目录

是谁杀了知更鸟？

　　是我。麻雀说——

序　章　1

晚霞消逝之后，男子开始了作业。这事不能让任何人看到，绝对不能。

好久都没有干过这种体力活儿了。平日里他很少活动筋骨，尤其是最近，更是随时留意着不让自己受累。或许正是因为这缘故，还没干几下，他便已经累得气喘吁吁，胸口隐隐作痛。

男子蹲下身去，告诉自己不必着急。时间有的是，而且也没人会跑到这种地方来。最关键的，还是得把活儿给干好。

歇了口气之后，他再次开始干起活儿来。这样的工作对他而言早就已经习以为常。虽然自己有很多年没摸过铲子了，但这种活计一旦学会，就一辈子都不会忘记。虽然进度算不上快，但坑却在实实在在地不断变大。

挖了一阵，男子试着把身旁的木箱放进坑里。虽然地上的坑已经足够放进木箱，但男子想了一阵，又把木箱弄了出来。他决定再把坑挖大一些。

“千万不能着急。”

就像是在确认自己内心的情绪一样，男子出声告诫自己。这是整个计划中最为关键的部分，稍有不慎，整个计划就会完全泡汤。慎重，慎重，对，再怎样慎重都不为过。

不过话说回来……他略带不满地偏起了头。泥土中什么也没有。莫非是什么地方出了错？不，这不可能。如果不在这里的话，还可能会在哪里呢？那东西应该没啥意义吧？咒语……对，仅此而已。更何况，就算弄错了又有何妨？从这一刻起，谬误将会变为真理。

男子再次把木箱放进坑里。这一次，木箱深深陷进了坑中。这样一来，估计也就不会露出地面来了。男子颇为满意地点了点头。把泥土覆盖到箱子上，再在上边铺上一层积雪后，男子退开几步，仔细观察了下那地方。虽然积雪看上去有些发黑，却也没到会引起他人注意的地步。这下子终于大功告成了。

扛着铁铲返回的路上，男子在心里盘算着他的计划。起承转合，所有的一切都堪称完美无缺。惟一让人感到担忧的就是刚才掩埋的木箱是否会让人看出来。然而他又丝毫不以为意。没事儿，这世上可没几个脑袋灵光的人。

“启一，咱们就走着瞧吧。”

他不由得喃喃说道。

走了很远一段路之后，他才发现周围有人影。前方大约十米开外的地方，出现了人的背影。因为之前他一直低着头走路，并没有发现，或许那人影其实早就出现了。一阵疲累从他的心头掠过。或许那人影已经看到了自己的部分行动。如此一来的话，整个计划也就彻底泡汤了。

他用尽全力挪动着双腿。这是为了搞清那个身影的身份。都已经走到这一步了，又岂能再有任何闪失……

翌日晴晨，辖区警署接到白马一家家庭旅馆打来的电话，说是该旅馆的旅客在背后的山谷中坠崖身亡。山谷里延伸着一座塌毁的石桥，而那旅客似乎就是在那里坠落山崖的。石桥上结了冰，脚下很容易打滑。

该旅客以“新桥二郎”的名字登记住宿，但警方很快便查明了这是个假名。他们从死者的随身物品中找到了医院的门诊券，券上写的名字是“川崎一夫”。其后警方又找该医院进行询问，证实了死者的真实身份。死者是东京一家宝石店的老板，现年五十三岁。据死者家人透露，死者在三天前便已行踪不明。该男子为何会出现在白马家庭旅馆中？这一切依然包裹在重重迷雾之中。

序　章　2

那座颇有些年头的座钟里的报时鸟，第九次探出了头。男子准备动主教将军的右手，在半空中突然停了下来。棋盘两端对坐的两人，一个是满脸胡须的粗犷男子，另一个则是削瘦高挑的老者。方才打算举棋将军的，正是那个满面胡须的男子。

“九点了啊。”

说完，他叫了声“将军”，在棋盘上放下了棋子。老者仿佛吃了什么酸的东西一样，面部歪斜扭曲了起来。满脸胡须的男子微微一笑。

两人身旁的桌边，几个人从一个小时之前就开始打起了扑克。五人中，有个一眼看上去就知道体重铁定超过一百公斤的男子，此人是这家旅馆的大厨。众人都管他叫“掌勺的”。其余四个人则是在这家旅馆里过夜的旅客。

打工小女孩端上了咖啡。说是小女孩，但她已经在这店里工作了两年，估计年纪也已经二十四五了。只是脸上不见半点化过妆的痕迹，身上穿的训练服色彩鲜艳，所以看上去似乎要比她的实际年龄年轻一些。

“奇怪了。”女孩把咖啡往桌上一放，瞥了一眼报时钟后说道，“应该不会这么早就睡了吧？”

“估计是累了吧。”

正打扑克的一位旅客看了一下其余四人的表情说道。说话的男子头上抹着一层发油，看上去瘦骨嶙峋。“疲累这感觉到来之前是从来不会有半点预兆的，就跟机会一样。”

“危机也是。”

坐在男子对面的大厨发起了挑战。

“去看看情况吧。”

女孩冲着躺在长椅上看杂志的青年说。跟女孩相比，青年的年龄似乎要稍小一些。他是这家旅馆里的员工，主要负责照管锅炉之类的工作。

“是啊，的确有点不大对劲啊。”

青年爬起身来，伸直双臂，大大地伸了个懒腰。脖颈上的关节咔嗒响了一声。

“半个小时前去叫他的时候也是一点儿回音都没有。”

青年和女孩走过微暗的走廊，来到那间客房的门前。房门上挂着块木牌，牌子上刻着“矮胖子”① 的字样。那是这间房间的名字。

敲了两三声门后，青年叫了房内住客的名字。声音在走廊上不停回响，可房内没有任何的反应。他试着扭了一下房门把手，门却上了锁。

“开门进去看看吧？”

女孩一脸不安地抬头望着青年，青年也下定决心，回到了走廊上。他要去拿备用钥匙。

用备用钥匙打开房门之前，青年再次叫了房内住客的名字。还是没有反应，他终于下定了决心，打开了门锁。

进门是间起居室，里边才是卧室。青年又敲了敲房门，还是不见任何回应。卧室的门也上着锁，青年只得再次掏出了备用钥

① 《鹅妈妈童谣》中的人物，蛋状人，从墙上掉下来被摔碎。

匙。卧室里灯火通明，屋里的灯一直开着。这样的景象似乎完全出乎青年的意料，让他在一瞬间倒吸了一口凉气。然而，在紧随其后的一瞬间，青年发现了一件更加令人震撼的事。

客人俯卧在床上，脸侧朝一旁。青年朝着客人走近两步，之后便发出了惊愕的叫声。

客人那张红里泛黑的面庞上，眼珠死死盯着青年。

这事发生在信州白马某山庄的一个夜里。

恰在此时，窗外开始飘起了雪花。青年的惊叫声被窗外的大雪吞噬，最终消逝于无形。

第一章　鹅妈妈旅馆

1

新宿车站，早晨六点五十五分。

两名年轻人脚步匆匆地爬上了通向中央本线月台的楼梯。

走在前边的穿着条灰色裤子，上身披着件深藏青色的滑雪服，头发梳了个稍长的飞机头，戴着一副深色的太阳镜。虽然背上背着个硕大的帆布包，但年轻人发挥了身高腿长的优势，一步两级，轻快地沿着楼梯而上。

紧跟在年轻人身后的是个看上去有些娇弱的女孩。带脚轮的滑雪包在平地上拉虽然比较轻松，可一旦背着爬楼梯，就会让人感到有些吃力了。每向上爬几级楼梯，女孩就会停下来歇口气，撩起长长的秀发。浓白雾气如烟缕一般，从她姣好的嘴唇间匆匆吐出。

“不必着急，还有时间。”

率先爬上月台的年轻人冲着身后的同伴说。声音虽然有些沙哑，却很清晰。女孩没有回答，而是轻轻地点了点头。

两人要坐的列车已经驶入站台，等待着发车时间的到来。除了两人之外，还有几个脚步匆匆地冲上楼梯的人，每个人肩上都扛着长长的滑雪板。尽管月台上已经站了不少人，但车里的人更多。穿着各色鲜艳滑雪服和毛衣的年轻人几乎占据了车上的全部座位。那些翘首期盼着寒假到来的学生们，似乎是打算把平日积累下的压力全都在滑雪场上宣泄出来。

两人沿着月台，从那些挤满了学生的车厢旁走过，上了一节安静得完全不像是同一趟车的绿色车厢。尽管车厢里的乘客似乎也有一些准备到雪山去，但他们给人的感觉和那些像幼儿园春游一样吵嚷不休的家伙完全不是同一类人。

确认过座位号之后，两人并肩坐了下来。女孩坐在临窗的座位上。年轻人轻而易举地把两个大包行李放到了行李架上。

“几点了?”

听年轻人如此一问，女孩卷起毛衣的左袖，让对方看了看自己腕上的手表。没有秒针的石英表恰巧指向七点正。年轻人喃喃念了句“很好”的同时，列车的车门也闭合了。

尽管这两个从新宿上车的乘客并不像其他年轻人那样喋喋不休，但如果有人留意聆听两人间偶尔的交谈，就会发现女孩管年轻人叫真琴，年轻人则叫女孩菜穗子。真琴上了车之后也未曾摘下脸上的太阳镜。

“终于还是要去了啊。”

菜穗子压低嗓门说。她的双眼一直盯着窗外。列车此刻依旧在东京市内飞驰。

“你后悔了吗？”真琴盯着列车时刻表问道，“要是你后悔，那就原路返回吧。”

菜穗子侧眼轻轻瞟了对方一下。

“开什么玩笑？我怎么可能会后悔？”

“那可真是遗憾啊。”

真琴微微一笑，摊开时刻表，让菜穗子看了看。

“十一点到站，之后又要坐巴士？”

菜穗子摇了摇头。

“小车。旅馆那边会派车来接我们的。”

“那倒还好。对方能认出我们吗？”

“来接我们的人叫高濑，以前我曾经见过。当时只有他来参加葬礼，年纪很轻。”

“哦，高濑啊……”真琴若有所思地说道，“咱们能相信他吗？”

“我也不清楚，不过他给人的感觉还算不错。”

听了菜穗子的话，真琴用鼻子重重地出了口气，嘴角微微撇动了一下。看到对方的反应，菜穗子不由得为自己的愚蠢低下了头。感觉还不错——这种话根本没必要说嘛。

“那张明信片，你现在带着吗？”

听真琴问，菜穗子点了点头，把手伸向了挂在墙上的小提包。她从包里掏出了一张随处可见的普通明信片。明信片上是一张雪山照片。只要到了信州，这种东西根本就是唾手可得。真琴的目光从明信片背后的文字上掠过，其内容如下：

哟，菜穗子，你还好吗？我现在暂住在信州的旅馆里。虽然这旅馆给人的感觉有些奇怪，但是很有趣。我甚至为自已选择了这家旅馆而感到庆幸。搞得不好，或许我的人生还将会于此再次出发。

我有个请求，希望你能帮我调查点儿事。虽然这事说来有些怪异，但我绝对没有半点开玩笑的意思。我是认真的。我想请你帮忙调查一下“马利亚何时归家”。就是“圣母马利亚”的“马利亚”。我想《圣经》上对这事应该有所记载，所以想请你帮忙调查一下。重复一遍，我是认真的。拜托了，感激不尽。

看过两遍之后，真琴把明信片还给了菜穗子。叹了口气之后，真琴偏起了脑袋：“搞不懂啊。”

“的确让人搞不明白。哥哥他又不是基督教徒，怎会突然提起圣母马利亚什么的……还有‘何时归家’这句话，感觉就跟暗号似的……”

“或许的确如此。”真琴用食指往上推了推太阳镜，放低座位，伸直了身体，“菜穗子你应该已经调查过这事了吧？结果如何？”

菜穗子缓缓摇了摇她那张忧郁的面庞。

“毫无收获……话虽如此，但我能做的，也只是照着哥哥他来信上写的，调查一下《圣经》罢了。”

“也就是说，没有什么相关的记述？”

她耷拉下脑袋点点头。

“不过，究竟哪些有关哪些无关，如今我们也无从判断。”

首先要保存体力。菜穗子喃喃默念着，闭上了太阳镜后的双眼。

2

事情追溯到一星期前。

那天，一年的课业终于全部结束。第二天开始就是寒假了。从阶梯教室的窗户里望着朋友们迈着轻快的步伐归家，真琴独自一人等待着菜穗子。前天夜里，菜穗子给自己打来了电话，约好在这里见面。但当时自己并没有问到底有什么事。

等了大约五分钟之后，菜穗子出现了。然而她并没有为自己的迟到道歉，而是先为自己把真琴约到这里来找了借口："如果到附近的咖啡厅去聊，或许谈话的内容会被人听到。"

"究竟什么事?"

真琴坐在排列成阶梯状的长桌的最前排问道。菜穗子在电话里说话的声音似乎不像平常约会去玩时的感觉，此刻，往日她给人的那种大小姐般的架势也已经从她的脸上消失。

菜穗子拖过一把椅子，在真琴面前坐下。

"你知道我有个哥哥吧?"菜穗子的语气听起来似乎有些凝重。

"……知道。"

真琴的语调也有些迟疑。两人在念大一的时候便已相识，屈指算来，已经交往了三年。在这期间，真琴与她之间的关系发展迅速，也曾到她家里玩过几次。所以也知道，那张放在她书桌上的照片里的人就是她的哥哥，而且对她哥哥后来的情况也了如指掌。

"记得是叫'公一'吧?"

真琴回忆着说道。

“对。去年十二月时死的，当时二十二岁。”

“嗯。”

“我有没有告诉过你他是怎么死的？”

“稍微提过一些。”

公一死于自杀。当时他在信州深山某旅店的一间客房里服毒自杀。他躺倒的那张床的枕边放着一只装着半杯可乐的杯子，警方从杯中检测出了致命毒药。

由于那种毒药颇为特殊，其入手渠道也不甚明了，所以警方曾讨论过他杀的可能性，但出于公一自身也存在有自杀的可能性，而且听旅馆员工说，公一与当时住在店里的其他客人之间并没有过什么接触，所以最后还是以自杀结案——这就是整件事的前后经过。

“我觉得警方如此判断也是理所当然的。”

菜穗子的话说得很清楚。“他的确有着自杀的动机”，先这样说上一句之后，她便开始讲述了起来。其内容大致如下：

当时的公一似乎有些精神衰弱。考研失败，就业不顺，前途一片迷茫，这就是导致他精神衰弱的原因。虽然之前公一就读的是一所公立大学的英美文学专业，照道理应该是不会出现这种情况的，但他本人内向的性格成了一切的祸端。一旦紧张起来，经常会辞不达意，陷入莫名的恐慌。再加上对未来的迷惘，他对自己这种性格的诅咒嫌恶使得他的精神衰弱变本加厉。

去年的十一月，公一突然踏上了旅程。据他本人的说法是打算通过环游日本来磨炼一下自己的精神。父母虽然有些不大放心，但想到这样一来他或许就能重新站起来，也就点头答应了他的提议。

尽管家人表现得颇为担心，但公一自己觉得这趟旅途很充实。他沿途不时寄些明信片和书信回家，字里行间也隐隐浮现出精神百倍的样子。就在家人放下一颗悬着的心，觉得应该不会有什么问题的时候，噩耗突然传到了家里。

即便写来的信里似乎精神百倍，其本人的精神衰弱也未必完全好转。警方说，开朗乐观与消极低沉的精神状态交替出现，是精神衰弱的一大特征。

“也就是俗称的躁郁症。”

“这病名倒也时常听人提起。”真琴喃喃念道。

“当时旅馆里的旅客与哥哥之间没有任何关系，这一点也支持了自杀说的成立。正常情况下，是没人会对与自己扯不上任何关系的人心存杀机的。但实际上，除此之外，还存在另外的线索。”

“线索?”

“据说哥哥死去的那间客房当时房门紧锁，根本不可能从外边进去。而且窗户也是……”

真琴盯着菜穗子的脸凝视了良久，之后扭动脖颈使得颈骨咯嘣作响，颇不耐烦地低声念了一句：“密室啊……菜穗子，你究竟想说些什么?”

菜穗子从衣兜里掏出一张明信片。收件人的名字是菜穗子，而寄件人就是话题的中心人物公一。从明信片的照片上一眼就能看出，信件是从信州寄出来的。

看过明信片上的内容之后，真琴喃喃念了一句：“真是张奇怪的明信片啊。”

“马利亚何时归家……”

“这张明信片是在哥哥死去之后才寄到的，估计应该是他在临死之前寄出的吧。”

“感觉有点毛骨悚然啊。”

“这是哥哥写来的最后一封信。信上不是还有一句‘人生将会于此再次出发’吗？这样的人，可能会自杀吗？”

“别怪我说得难听，”真琴把明信片递还给菜穗子，说道，“光从这张明信片来看，我觉得你哥确实有些精神衰弱。”

“难以置信。”

“是不愿相信吧？”

“除此之外，还有许多令人难以信服的地方。我有没有和你说过，有关那种毒药的事？”

“记得你曾经说过那是种很奇怪的毒药，但名字被我忘了。”

菜穗子说那种毒药叫做“乌头碱”。

“还是叫‘附子’比较浅显易懂，就是那种植物。”

“以前曾经听说过。”

“据说阿依努人在狩猎时常常会用到。”

“知道得挺详细啊。”

“我从书上查的。”

由夏至秋的时节里，附子会开出紫色的花。每到秋季，阿依努人就会依照他们代代相传的方法，挖取附子的子根，拿去干燥上三四个星期。其主要成分为乌头碱，分离淬取后呈白色粉末状。它的致命剂量以毫克为单位，是一种比氰化钾更厉害的毒药。这些就是菜穗子对它的认识。

“问题在于，”真琴往后撩起了那头飞机头的发梢，“你哥是怎样弄到那种毒药的……”

“他手上不应该会有那种东西。”菜穗子的语调中带有着少见的焦躁，“我也没听哥哥说过他认识阿依努人。”

“你哥哥他之前不是曾四处走的吗？或许他去过北海道。也有可能是在那时候弄到手的。”

“警方似乎也认为这种解释很合理。但我认为，这不过是在强词夺理而已。”

“或许吧。那些家伙就擅长干这种事。”说完之后，真琴把头发揪得弯曲不已，“好了，你找我究竟啥事？我能理解菜穗子你不愿相信你哥是自杀的心情，可咱们又能做得了什么？如果你要找警察鸣冤，我可以跟你一起去，但我不敢保证他们在面对这起一年前便已结案的案子时会拿出几分诚意来。”

菜穗子的笑容中带着几分深意。她回望着真琴的眼睛：“我想让你陪我去的地方不是警察局。”虽然嘴上说得很温柔，她的目光却很认真。

“我想去一趟信州。”

“信州？”

“我想到那家旅馆去看看。”

盯着真琴的脸，菜穗子的眼眸中的光芒依旧很冷静。之后她淡淡地说：“我想去亲眼确认一下，哥哥他当时是在一家怎样的旅馆里，又是在怎样的一种状况下死去的。然后再找出其中的真相来。”

“真相啊。”真琴舒了口气，“除了自杀之外，还能存在什么真相呢？”

“如果他不是自杀的，那就应该是被人杀掉的。这样一来的话，就必须把凶手找出来才行。”

真琴睁大了双眼，怔怔地盯着菜穗子："你是认真的?"

"对。"菜穗子答道。

"事情都已经过去了一年，现在跑去旅馆那边，又能查到些什么？真要查的话，那可得早点儿去啊。"

菜穗子的语调依旧冷静："我是故意隔了一年之后再去查的。"真琴惊异地"哎"了一声。

"我自己也想早点儿去。之所以隐忍至今，理由就在于，我听说每年这时候住在那旅馆里的几乎都是同一群人。"

"都是些常客啊?"

"那旅馆只有几间客房，每年一到这时节，预约房间的人几乎都是同一批。听说去年住店的那些人里，除了哥哥之外，也全都是些老住客。"

"嗯……"

真琴理解了菜穗子此举的目的。如果这件案子并非出于自杀，那么凶手不是旅馆的员工就是其住客。要是能把他们所有人都召集到一起，就再找不出比这更适合调查案件真相的时机了。真琴默念了一句："似乎是认真的啊。"

"可警方当时也调查了许多情况，结果却一无所获啊？咱们这种外行就算跑断了腿，估计也找不出什么新发现。"

"时隔一年，或许敌人也已经开始有些麻痹大意了。而且在面对警察时，敌人或许还会小心谨慎一些，而换作是面对一介女流，说不定会放松戒备。当然了，我并不打算告诉任何人我是去年死掉那人的妹妹。"

"敌人啊……"真琴耸了耸肩。看来菜穗子已经把这案子看作是件杀人案了。"那你究竟想让我做些什么呢?"真琴问道，至于答案，其实心里早已有数。菜穗子低下头，翻起眼睛。

“我在想，你能不能陪我走一趟呢？当然了，如果你不想去，我也不会勉强你。”

真琴重重地耸了下肩，转动黑眼珠望着天花板，本想摆个崩溃的姿势出来。

“也就是说，你要让我陪你玩一场侦探游戏？”

菜穗子垂下了视线。

“除了真琴你之外，我就再没有任何人可依靠了。不过没关系的，我知道自己的请求有些强人所难了。”

“你爸妈对这事的意见呢？”

“我只告诉他们说我要去滑雪。如果说真话，他们是不会让我去的。不过我告诉过他们，说我会让你陪我一块儿去的……我们一家人都很信任你。”

“干吗信任我……”

真琴嘎吱晃动了一下桌子，跳下来，之后低着头从菜穗子身旁穿过，向着出口走去。自己这么做，是想告诉菜穗子，如果想要依靠他人，那就什么事都做不成，不管对方是恋人还是家人……

可听到菜穗子之后的话之后，真琴不由得停下了脚步——

“这么说倒也没错。”纤弱的肩膀后传来了微弱的话语声，“这种事情，不管让谁摊上都会不愿啊……抱歉，是我太天真了。你也不必在意，我会一个人去的。但我有个请求，我想请你告诉我父母，说我是和你一块儿滑雪去了。不会给你添麻烦的。你只要帮着我圆下谎就行。”

“你真的要去？”

“真的要去。”

真琴皱起眉，再次撩起了自己的头发，之后用尽全身力气，狠狠地踹了一脚身旁的桌子，转身紧紧抓住了她的双肩。

“我有三个条件。”

真琴的声音中带着一丝怒火，实际上也的确发火了，不管是对菜穗子还是对自己。

“不许做出危险的事来；查明确属自杀之后就立刻回家；如果觉得自己无法应付就立刻返回。就是这三个条件。”

“真琴……”

“我再问一遍：你真的要去？”

菜穗子回答道：“真的要去。”

3

指尖在朦胧的玻璃上擦出了圆形，玻璃上的轮廓清晰得如同在毛玻璃上开了个孔似的，窗外的景色展现在眼前。天气晴朗，天空蓝得令人眼前发晕。

菜穗子不由得皱起了眉头。

今年的十二月虽然算不上太冷，但窗外已经是一片白雪皑皑。列车已经驶入了长野境内。日本的国土挺辽阔的。菜穗子的心中不禁涌起了这种无谓的感慨。

“差不多快到了吧？”

或许是强光的缘故，她身旁的真琴大大地伸了个懒腰。菜穗子的手表指向了十一点的位置。的确马上就要到了。

五分钟后，列车抵达了信浓天城站。那站台小得让人不禁担心司机是不是会一不留神就开过站，而月台的构造也显得杂乱无章。列车的下车口与站台之间的落差很大，而且还是表面结冰的坡道，下车的时候，菜穗子不禁打了个趔趄。

包括自己和真琴在内，在这一站下车的人总共有四个。另外两人似乎是一对老夫妻。列车开离月台后，老夫妻中的丈夫脚下绊了一跤。从位置上来看，似乎是在下车时没有站稳的缘故。

“不是跟你说了留神脚下吗？可你就是不听。”

尖锐的嗓音在空荡荡的站台里不停回响。穿着黑色毛皮外套的妻子拉着男子的右手，扶住了丈夫。男子脚底打了两三次滑之后，总算站起了身。只见他身上穿了件及腰的灰色外衣，头上戴着顶同样颜色的鸭舌帽。

“我没想到这落差居然会这么大嘛，而且地面还冻得这么硬。”

“每次你都会在这儿跌跤，怎么老也不长记性？这里的站台很低，而且这季节里，地面冻得又硬又滑。”

“我可没有每次都跌跤哦。”

“谁说的？你去年也跌过，前年也是。每次跌跤，都是我伸手搀住你的。要是没有我，你每年都会因为一到这里就摔折了腰直接打道回府，返回东京去了。”

“别说了。人家都在看咱笑话呢。”

实际上，菜穗子和真琴确实在笑。两人发现那对老夫妻的目光朝着自己投来，赶忙走出了检票口。

信浓天城站的候车室是间极为简陋的小屋，屋里只有三条按“コ”字形摆放、可供四人同时落座的木制长椅。“コ”字形的中央放着一只老式的石油暖炉，但是并未点火。真琴伸手打算去拧炉旁的把手，但途中又停下了。灯油的残余量已经指向了零。

“真够冷的。”

菜穗子在长椅上坐下身，开始不停地用手摩擦两腿。不光只是因为暖炉无法点燃的缘故，车站外的景色也助长了她觉得太冷的感觉。车站外，只有三间用途不明的小屋，旁边是一片顶着白雪的杂木林。一条凹凸不平的窄小道路在站前划出一道弧线，消失在树林的背后。

“看来来接咱们的人还没到啊。”

真琴戴上滑雪手套在菜穗子身旁坐了下来。椅子上那股寒意透过双腿，传遍了整个身体。

方才的那对老夫妻也出了检票口，隔着熄灭的暖炉，在菜穗子他们对面的椅子上坐了下来。貌似丈夫的那男子估计已经到了花甲之年，鸭舌帽的边缘下边露出了银白的发梢。老人的脸很长，眉毛和眼睛都向下低垂，就像八点二十分时的表盘一样，看起来似乎是个老好先生。身高则与他的同龄人有所不同，至少得有一百七十公分以上。刚坐下，老者就把手伸到了暖炉上方，等到发现暖炉上一点热气都没有之后，他又有些不知所措似的，缓缓将两手插回了外衣的衣兜里。

“真够慢的啊。”

男子的太太看了看表，说道。那是块银色的手镯式手表，似乎是高档货。

“毕竟是开车来的嘛。”老者冷冰冰地回答，“谁知道车子会出啥事。”

老妇轻轻打了个呵欠，之后又将目光投向了坐在她对面的两人身上。

“你们两位也是来旅行的吗？”

老妇姣好的唇角浮现出笑容问道。尽管体态微微有些发福，但脸上却鲜有皱纹，肌肤看起来年轻而富有光泽。或许是因为个头太矮的缘故，总是抬着头看四周。即便坐着，其姿势也颇有气质。

“是的。”

菜穗子回答。

“是吗？可这地方啥都没有啊？你们订的是哪家旅馆？”

菜穗子稍稍迟疑了一下，告诉对方：“是一家名叫‘鹅妈妈’的旅馆。”老妇的眼眸中闪现了光芒。

“果然如此啊，我早就猜测是那家了，毕竟这里也没有其他大点儿的旅馆了。其实我们也正准备上那儿去呢。”

“哦……”

菜穗子一脸困惑地看了看身旁的真琴。真琴的表情依旧没有丝毫的变化，只是那双太阳镜片后的眼睛，在一瞬间闪现了严厉的光芒。

“您二位经常到这里来吗？”

真琴的目光在两人之间来回比较，老妇“嗯”了一声，开心地点了点头。

“自打他退休之后，每年都来……你们两位是头一次到‘鹅妈妈’来吧？”

“对。那家‘鹅妈妈’应该还不错吧？”

“那地方总让人感觉有些不可思议，是吧？”

听到妻子向自己征求意见，老者模棱两可地“嗯”了一声，之后便对两名年轻人发起了询问。

“你们两位是恋人吧？”

还不等二人回答，妻子便用手肘捅了捅他的侧腹。

“你净瞎说，问些不该问的话……真是抱歉。”

老妇对丈夫的怨言刚说到一半，就转变成了对真琴的致歉之辞。真琴微微一笑，说了句“也没什么”。几人中只有老者依旧一脸不服的表情，偏着脑袋独自觉得纳闷。

下车之后等了约莫十分钟左右，车站前的小路上驶来了一辆白色的面包车。开车的男子一溜小跑进了候车室。看他的模样，年纪大约二十出头，积雪反射的阳光令他的皮肤变得黝黑，但牙齿依旧雪白。

“让各位久等了。”

男子开口第一句就是道歉的话，之后轻轻低下了头。

“好久不见啊，高濑先生。今年也要多劳烦你了。”

“太太您看起来也挺好的……医生，好久没见到您了。”

被称作医生的老者轻轻点头致意，之后便一脸担心地开口询问：“路上出了什么事吗？”

“有位客人自驾车到我们那里去，结果车子却在雪地里抛锚了。接到那位客人的电话之后，我就先过去帮忙了。实在是万分抱歉。”

“没事，只要不是出了什么乱子就好。”

医生提起圆桶背包，站起身来。

高濑将目光从老夫妇身上转移到了对面的两名年轻人身上。“是原……田小姐吧？”

“是的。”

菜穗子回应一声，站起身来。她本来姓“原”，但为了不让其他旅客发觉她和哥哥公一之间的关系，所以用了假名。当然了，高濑当时曾经参加过公一的葬礼，与菜穗子有过一面之缘。之前菜穗子曾经向高濑解释过，说她希望到哥哥最后住过的旅馆去看看。但这事如果引起其他客人注意的话就麻烦了，所以她打算用个假名字，对其他客人隐瞒自己是公一妹妹的身份。

看到真琴之后，高濑表现出一脸的困惑，黑眼球不停地晃动。

“我记得……电话里说的是两位女性……”

听过她的话之后，反应最大的还是医生太太。她用舞台上女演员那种夸张的动作抬头望了望候车室的天花板，之后摇了摇她那张圆圆的脸庞。

“唉，你们这些男的为什么都这么糊涂？不管是年过六旬的我丈夫还是年纪轻轻的高濑，居然都会犯同样的错误。真不知道你们究竟是怎么搞的，这小姑娘到底哪儿像男的？”

4

由于后轮上系着铁链，白色面包车的车身有些轻微的晃动。尽管如此，强劲的马力依旧带着车体在雪道上向上攀爬。据高濑说，从信浓天城站到旅店，大约需要花费三十分钟左右的时间。自己马上就要到哥哥当初死去的地方了——一想到这一点，菜穗子的身体中就会涌起一阵火热的紧张感。

“泽村真琴 …… 真琴写成汉字该怎样写呢？”

医生太太问。面包车里并排的三个座位中间那个可以旋转过来，与后面的四位面对面交谈。

“‘真实’的‘真’，乐器的‘琴’。”真琴回答道，“这名字时常会让人误会成男子。”

菜穗子抿嘴一笑。实际上也的确如此。第一次带着真琴回家时，父亲脸上那铁青的面庞让她至今记忆犹新。

“真是失礼，向你道歉。”

医生深深地低下了只剩耳际上还露出着白发的头。这已经是他第三次道歉了。

“真琴和菜穗子，你们俩是大学生吧？”

“对。”真琴回答，“我们俩念的是同一所大学。”

“方便告诉我是哪所大学吗？”

“可以。”

她老老实实地说出了两人就读那所大学的名字。到这里来之前，两人便已商量好最好尽量少撒谎。谎撒太多，说不定啥时候就会露马脚的。

或许是医生太太已经感到满足的缘故，听过大学的名字之后，她便再没有继续追问下去，只是一脸羡慕地叹了口气：“年轻真好。”

“益田先生是医生吧？”

等到太太的提问暂告一段落之后，菜穗子插嘴问道。上车之前，她曾听对方提到过“益田”这姓氏。

“还得加个‘前’字。”

医生略带羞涩地露齿一笑。别看他已经上了年纪，牙齿却依旧很白。

菜穗子回想起来，太太之前曾经说过：“自打他退休之后，每年都会到这里来。”

“您二位开了家医院吗？”

“以前是。现在已经交给女儿和女婿去管了。”

“那倒也能放下心来，自由自在地颐养天年了啊。”

也还凑合吧。医生的话说得有些含糊不清。菜穗子想，或许是因为这事让他感到有些寂寥吧。

“您二位为什么每年都要到这儿来呢？其中有什么原因吗？”

真琴轻描淡写地问道。对她自己而言，这问题其实直指要害。菜穗子不禁暗忖：幸好把她给叫来了。

太太回答了真琴的问题。

“最大的原因就是，这儿啥都没有。”

“啥都没有……”

“什么东西都齐备的地方，现在整个日本要多少有多少。冬天的时候能滑雪，夏天则是网球、游泳和田径，除此之外的设施也全都很齐全。的确，如果去那些地方，生活确实挺方便的，但这些地方总让人觉得就像都市生活的延伸一样，没法儿安心。从这一点上来看，这地方却不必为这些事操心。因为这里啥都没有，旅店也很少。所以这里不会因为人多而让人感觉太过嘈杂。”

“原来如此，我能理解。”

真琴点头。她身旁的菜穗子也点了点头。我能理解——

“那，您二位一般都是在这个季节到这里来吗？”

“对，因为这个季节里，这里的人最少。而且我们要去的那家‘鹅妈妈’也以常客为主，现在这个季节过去的话，还能见到不少旧相识，感觉就像是在参加每年一次的同学会似的。我家这口子，最喜欢和那些人下国际象棋了。”

医生坐在太太身旁，稍稍咕哝了一句。

“那旅店怎会有那么多常客呢？”真琴说。

“不清楚……估计也是习惯成自然了吧。”

“因为……什么都没有吗？”

“没错。”

或许是对真琴的说法很中意的缘故，太太的脸上露出了一副开心的表情。

尽管有时感觉似乎是在下坡，白色面包车的海拔高度却在切切实实地向上提升着。周围的景色也变得一片银白。从万里无云的天空中洒下的阳光反射在雪山上，投射到了车里。真琴拉上了窗帘。

“你们俩又是为了什么跑到这地方来呢？还是到离滑雪场近一些的地方比较方便吧？”

这一次轮到太太反问了。从几人之间的对话来看，这样的走向倒也理所当然。

可真琴依旧绷着一张扑克脸，冷冰冰地回答说：

“说不上来，反正就是想。玩腻了那些普通的地方，就想选个比较特别的地方逛逛。毕竟大学生都挺闲的。”

“是吗？”光凭这么一句话，太太似乎便已同意了真琴的说法，“或许的确如此，现在的年轻人都这样。”

车子拐进了一条岔路，周围骤然变得昏暗下来，感觉就仿佛是行驶在一条硬生生开辟出来的林间小路上一样。医生喃喃念道：“就快到了啊。”

在树林里穿行了两三分钟，眼前突然变得明亮，视野也变得开阔起来。半山腰上出现了一片人工开凿出来的平地，小路画出缓缓的弧线，向着平地延伸而去。道路的前方，可以看到一幢棕褐色的建筑。

“那就是‘鹅妈妈’旅馆了。”

医生眯起了眼睛。

5

“鹅妈妈”旅馆是幢平坦的建筑，然而呈锐角的屋顶四处突出，让人联想起英式小城堡，感觉就是如今流行的木造房屋与砖瓦房的结合体。建筑的周围围了一圈围墙，洋溢着中世纪般的气氛。

“真不错。”菜穗子喃喃说道。

“这里原本就是英国人的别墅，后来不知什么原因变卖给了现在的老板，开了这家旅馆。不过听说接手之后，这家店的主人似乎也并没有对它进行过太大的改造。”

面包车钻进红砖砌成的院门，之后是一片小小的停车场。停车场里已经停了几辆车。菜穗子想，或许是那些先到一步的客人们开过来的吧。

楼房围绕着中央的庭院而建，围成了个“コ”字的形状。虽然几乎每一幢都是平房，但其中有两处建造成两层式样，打破了整体的平衡。

“辛苦诸位了。”

高濑熄灭了引擎，扭过头来向几人说道。

真琴对他说了句：“辛苦你了。”

庭院里积了一层薄薄的雪。用脚一踩，积雪就会往下陷入一公分左右的深度。菜穗子和真琴走在前头，只听身后传来太太叮嘱自己丈夫“当心别摔了”的声音。

店门口放着块写着“鹅妈妈旅馆”日文字样的木牌。唯有从这一点上，才能看得出这家店的经营者是日本人。

推开木制的门扉，正面是一扇玻璃门。人影在玻璃门后来回走动。高濑推开门，冲着屋里说了句“我把客人带来了”。屋里应了句“辛苦了”。菜穗子二人跟在高濑的身后，刚一进门，就见一个嘴唇周围长满胡须的男子从柜台后走了出来。门里是一处天花板很高的大厅，角落里有一处柜台，柜台的后边似乎是厨房。屋里放着五张可供四人围坐的圆桌，另外还有一张较大的长桌。柜台的对面是壁炉。

“这位是这家旅馆的经理。”

等高濑介绍过之后，满脸胡须的男子低了下头，说了句“我叫雾原”。男子下身一条牛仔裤，上身一件训练服，身材沉稳魁梧，感觉以前似乎曾经受训过。菜穗子本以为经营者会是个年过五旬的老者，可眼前的这位与她想象中的形象相去甚远，令她不禁有些困惑。此刻站在她面前的这位，不管再怎样看，年纪都不会超过四十岁。

“今后可要请你多关照了啊，经理。”

医生太太从菜穗子的身后探出脸来。男子一脸怀念地眯了眯眼，之后又把目光投到了菜穗子二人的身上。

“请两位好好享受一番吧。到我这里来的，全都是我的客人。”

乱蓬蓬的胡须中露出了洁白的牙齿。菜穗子二人低头说了句“请多关照”。

“两位的房间就安排到那里，不知意下如何？”

经理一脸担心地看了看高濑。

“嗯……这是在她们两位预约时就已经商定好的。”高濑的目光在经理和菜穗子的脸上来回游移。菜穗子立刻便明白了两人间这段对话的深意。

“那个……没事的，我们不介意。其实也怪我们，直到临行前才预约。”

菜穗子预约时，高濑曾告诉过她，旅馆里只剩一间空房了。当时他也曾说过，那房间是公一当年自杀时住的房间，旅馆本来准备过上一段时间再使用的。其原因就在于，若是隐瞒曾经发生过这事而让旅客在这房间里过夜的话，实在是有违良心。

但从菜穗子的角度来看，能住到公一当时死去的那间房里去，正是求之不得的良机，于是她对高濑说：“住那间房也行。”

“不过……”

经理抱起了双臂。

“不会有幽灵出没吧？”

真琴突然开口问道。

“没这回事。”经理连忙摆了摆手。

“没听说有这事。”

“那不就行了吗？要是这次租给我们也没事，今后你们也就能放心把那房间租出去了。如果总这样下去，那这事可就没个头了。”

被真琴紧盯着看，经理似乎有些迟疑，轻轻地闭上了眼睛。之后，他缓缓地喃喃说道：

“既然你们觉得没事，那我也没什么可说的了。高濑，你带她们过去吧。”

菜穗子和真琴跟在高濑身后，迈开了脚步。

“最近这些女孩感觉都挺坚强呢。”

身后传来经理与医生太太交谈的声音。菜穗子心中却独自纳闷：为什么经理就没把真琴误当成是男孩呢？

穿过大厅旁的走道，第三扇房门就是真琴和菜穗子住的房间的入口。门上挂的牌子上，写着“矮胖子”的字样。

“这是什么意思？”

听真琴发问，高濑一边打开门锁，一边回答：“进去之后你就明白了。”

打开房门，里边是一间起居室。话虽如此，也不过只是在一张高高的桌子两边面对面放着两张硬椅子。房间的右角放着一只似乎与桌椅材质相同的简陋壁架，左角则是一张感觉比公园里的简易长凳还要小上一圈的长椅。

“那是什么？”

真琴指了指架子上方的壁挂。壁挂的周围是一圈浮雕，中央则雕刻着英文。壁挂的大小约有一张报纸那么大。

“这是《鹅妈妈童谣》里的一首。”

高濑伸出手去，把壁挂翻了个面。壁挂的背面刻着日文。看样子那些日文是后来刻上去的。

“这些字是经理刻上去的。”高濑说。

> 矮胖子坐在高墙上，
> 矮胖子猛地摔下来。
> 哪怕聚集国王所有的骏马，
> 哪怕动员国王所有的勇士，
> 也再无法让矮胖子恢复原状。

“这个矮胖子指的就是路易斯·卡罗尔的《爱丽丝梦游仙境》里的那个得意的矮胖子吧？”

菜穗子的脑海中回想起爱丽丝与坐在石壁上不停地瞎扯的矮胖子对答的那幅插图说道。她记得自己曾在很久以前看过那本书。

“准确地说，应该是在《爱丽丝梦游仙境》的续集《镜中奇缘》里出场的，也是《鹅妈妈童谣》的角色中最有名的人物。”

高濑展现了他知识丰富的一面。

“这壁挂是之前就在这里的吗？”

真琴问。

“您说的‘之前’，指的是这里改成旅馆之前吗？似乎是这样的。不光这间屋子，当时每间屋子里都挂着一幅这样的壁挂。经理觉得挺有意思的，所以就以歌谣的歌词命名了房间的名字。而这间房间的名字就叫做‘矮胖子之屋’。”

“这旅馆总共有几间客房？”

“总共七间。”

“那就是说，有七首歌谣？”

“不，有的房间里同时挂着两首歌谣。”高濑又补充了一句，“之后你们慢慢就会明白的。”

房间的深处还有一扇门，高濑打开了那扇门的门锁。打开房门之后，就见眼前并排放着两张床。

“这里是卧室。”

两人跟着高濑进了屋。屋里有一扇窗户，床头朝着窗边，并排放着两张床。两张床中间放着一只小床头柜。

“我哥哥……我哥哥他是在哪张床上死的？”

菜穗子站在两张床之间问道。胸口有一股热乎乎的东西涌上来，为了不让其他人觉察到，她拼命压抑着自己的声音，反而使得语调变得毫无半分抑扬顿挫，听起来很不自然。或许是因为喉头有些哽咽的缘故，高濑轻咳了一声，指着左侧的床说：“是这张。”

“是吗……就是在这里……”

菜穗子的掌心从雪白的床单上轻轻抚过。一年前，自己的哥哥就是在这里陷入了永远不会醒来的长眠中去的。轻抚床单，菜穗子甚至会有一种错觉，感觉像是还能感觉到哥哥身上的一丝余温似的。

“当时是哪位发现了尸体？”

面对真琴的问题，高濑回答了一句“是我”。

“当时许多人都在场，但最先进到这房间里发现尸体的人是我。”

“当时尸体就躺在那张床上吗？”

“对……或许是因为中毒后感觉到苦痛的缘故，床单稍稍有些凌乱。实在是很可怜。”

或许是回想起当时那幅情景的缘故，高濑的嗓音也突然变得低沉下来，整个人的姿势也有些垂头丧气。菜穗子对他说了句“谢谢”。不知为何，她总有一种想要向高濑道谢的冲动。

然而，眼下却并非沉浸于感伤之中的时候，自己可不是来这里献花上香的。

“我听人说，当时房门还上了锁？”

菜穗子努力让自己的声音听起来坚强一些，开口问道。

“对。”高濑指了指门口，“那扇门自不必说，就连外边的那扇门也上了锁。”

房间入口处的房门如果没有钥匙的话，只能从屋里上锁，而卧室门上的门锁机关则是在门把处的按钮，只要按下按钮后把门关上，房门就会自动上锁。真琴轻轻瞥了一眼，走到窗户边。

“那里的窗栓也是锁着的。”

高濑仿佛看穿了真琴的心思一般，开口说道。

“因为窗栓的问题，警方曾多次找我确认过当时窗栓的状况。”

菜穗子也走到真琴的身旁，观察了一番。窗户是双层的，外边是百叶窗，里边是玻璃窗。不管是百叶窗还是玻璃窗，都是双向对开的。百叶窗向外开启，玻璃窗则向内开启，而且都装着搭扣式的窗栓。

“抱歉。”菜穗子扭头冲着高濑说道，“那个……能麻烦你给我讲述一下发现我哥哥死时的情形吗？我知道，或许你并不想旧事重提。”

而她自己其实也并不想问——

听完菜穗子的话，高濑默默地盯着两个女孩看了一阵，目光中交杂着犹豫与困惑。过了好一阵，他才挤出了一句“是吗”，眉间深刻着皱纹。

“你们到这里来的目的就在于此吧？也就是说，你们对警方有关案件始末的推测抱有怀疑。”

菜穗子默然不语。她在思考自己究竟该如何作答。高濑未必会站在自己这边，但如果缺少了他的协助，就再也无法究明真相了。

最终给沉默画上句号的人是真琴。只听她坦言道：“的确如高濑先生所言。”菜穗子闻言一惊，扭头看着她的侧脸。可真琴却依旧平静地说道：“对于自杀身亡的结论，死者的妹妹并不认同。她的心情也并非无法理解。听人告知自己的哥哥在一处陌生的地方离奇死去，任谁都无法立刻接受。我们到这里来的目的，就是为了证实这一点，再没有任何其他的目的。当然，既然对自杀这结论心存疑虑，我们就会把这一点查个水落石出。”

“真琴……”

真琴冲着菜穗子挤了挤眼：“俗话说，不入虎穴焉得虎子，但有时候还是得有个人来推一把。”

“……谢谢。”

菜穗子心里突然浮现了一种与案件全然无关的想法：真琴为什么会是个女的呢？

或许是感受到了菜穗子那份决心的缘故，就连之前一直双手叉腰、紧咬下唇的高濑也重重地耸了耸肩，点头说道：“那我也就不瞒你们了。事情发生在公一到这里来的第五天夜里。当时他和那些常客们都已经混熟，之前也曾和他们一起打过扑克。那天夜里，因为另一位旅客提议找几个人来一起打牌，所以我就和那位客人一起去约公一。可我们敲过门，却总不见有人应门。当时我试着扭了一下门把手，结果一下就拧开了。也就是说，那时候外边的房门还没锁。其后我又敲响了卧室的房门，依旧不见有人应门。而卧室的房门却上着锁。当时和我在一起的那位客人说，或许公一他不在屋里，于是我们便决定从窗户那边看看情况。等我们绕到屋外一看，才发现窗户也牢牢地插着插销。”

“那你们看到屋里的情形了吗？”

听过真琴的提问，高濑摇了摇头。

“当时百叶窗关着。我们只能猜测他大概是睡着了，最后无功而返。”

“当时大概是几点？”

“八点左右。之后大概过了半个小时吧，因为人数不够，我又去叫了他一次。可第二次去的时候，房门却已经上了锁。我们猜测他或许是真的要睡了，所以只好再次返回。又过了半个小时之后，在这里上班的女孩说感觉情况有些不大对劲。从之前公一的作息规律来看，他应该是不会这么早就睡的，而且屋里还一点儿动静都没有。一想到这些，我们便开始不安起来，再次跑去敲门，屋里依旧没有回应。无奈之下，我们只好用备用钥匙打开房门进了屋里。因为卧室门也上了锁，我们又用钥匙打开了卧室的门……”

“之后你们就发现公一已经死了，是吧？”

“是的。”

高濑看了看真琴。

菜穗子坐在哥哥当年死去的那张床上，掌心轻抚着洁白的床单，聆听着高濑的讲述。在这密室之中，哥哥他在临死时究竟都在想些什么？感受到了些什么？

“当然了，警方对是否存在他杀的可能这一点也曾展开过详细的调查，可最后还是什么都没能查到。”

“那有关毒药的情况呢？我听说那毒药是乌头碱，高濑你对这事是否知道些什么？”

高濑一脸严肃地摇了摇头：“不清楚。当时警方也曾对这事追问不休。”

“是吗？”真琴和菜穗子对望了一眼。

“刚才所说的那些，就是发现尸体时的状况了。至于其他的情况，不光我不清楚，估计其他人也没人会知道。”

高濑看了两人一眼，那目光就像是在问“这下子你们也该心满意足了吧”一样。真琴就仿佛回应那目光似的点了点头。

“谢谢你。不过之后或许我们还会有其他问题向你请教。”

“我会全力协助你们的。不过我也有个条件。”

“什么条件?”

“请你们不要告诉任何人你们是来调查去年的那件案子的。因为其他的客人都是上这里来放松的，如果你们总是问来问去的，客人们自然不会有什么好的心情。另外，如果你们有什么新发现的话，请你们立刻告知我。我觉得我有知道的权利。”

“我们可以答应你不把我们此行的目的告诉任何人。”

真琴回答道。她从一开始就是这么打算的。

“把调查到的结果告知于你这一点也大致没什么问题。可如果其内容不便告诉你的话，又该怎么办呢?”

高濑苦笑了一下。

“你的意思是说，如果你们发现我比较可疑?”

“没错。”真琴也微微一笑。

“那就没办法了啊。你们就编通谎话来告诉我吧。”

“我们会的。”

真琴不苟言笑地回答。

其后，高濑向两人简单地说明了一下用餐时间和有关洗浴的事宜，把钥匙交给两人，离开了房间。看见只有一把钥匙，菜穗子问道:“没有卧室房门的钥匙吗?”

高濑回答:“一般我们不让客人们给那扇门上锁。要是把两把钥匙都交给客人的话，很容易闹出麻烦来。”

真琴问:“之前也是这样吗?”

高濑闭上一只眼睛，回答道:“一直如此，去年也是这样。”

高濑离开之后，菜穗子在床上躺了一会儿。一想起去年的这个时候哥哥就是这样死去的，一种莫名的感慨就会向她的胸口袭来，那种感觉似乎与“怀念”很接近。

“真琴，抱歉啊。”

“干嘛突然道起歉来？”

“想问的话全都让你替我开口去问。”

“没关系。”

真琴站在窗边，两眼望着窗外。过了一阵，她用不带半点感情的语调喃喃说道。

“刚才那位太太说，因为这里什么都没有，所以才选择到这里来的。或许其实恰巧相反啊。”

“恰巧相反？”菜穗子爬起身来，“这话什么意思？”

“我自己也不大明白。”

真琴向菜穗子投去了犀利的目光。

“众人之所以会聚集于此，或许并非是因为什么都没有，而相反正是因为这里有些什么吧。不知为何，我总会有这样一种感觉。”

第二章 “伦敦桥与老鹅妈妈”房间

1

当菜穗子和真琴换好衣服来到大厅里时，只见那个满面胡须的经理正隔着柜台和一名女子交谈。那女的年纪约莫二十五六岁，长着一张圆脸，头发扎成马尾。两人看了一眼菜穗子她们，那女的还向着她俩轻轻点了点头。菜穗子本以为她也是这家旅馆的住客，却听经理在柜台后介绍道："她是在我这里上班的女孩，名叫久留美。"

"真是少见呢，居然会有这样年轻的女孩在这里。"

久留美一脸开心地将两手合在胸前，垂在她胸前那只小鸟状的银色挂坠不停晃动。看到她的性格比外表看起来要开朗，菜穗子在一瞬间有种想法，觉得她如果生在大都市里，或许还能做个模特之类的。而真琴却一脸百无聊赖的模样。

要了一份混合三明治和橙汁之后，两人在临窗的圆桌旁坐了下来。过了一阵，久留美端来了餐点。

“听说你们二位都是大学生?”

久留美抱着托盘，站在桌旁问道。真琴回答了一句“是的”。

“莫不会是……体育系?”

久留美之所以会这样问，估计是从真琴的体格上做出的判断。真琴却微微一笑，面带笑容地告诉她是“社会科学”。听到这些自己不甚了了的词汇，久留美一脸惊诧地说了句“是吗?听起来似乎挺复杂的”，之后便再不询问有关大学的事了。

“你们二位怎么会选择了我们旅馆呢?”

真琴稍稍迟疑了一下，回答了一句“也不知为啥”。之前她和菜穗子两人已经商量过，为了避免露马脚，面对他人的询问时，要尽可能作出暧昧的回答。

“你们是怎么知道这里的?是别人介绍的吗?”

见回答问题的总是真琴，久留美灵机一动，扭头望着菜穗子问道。菜穗子本想回答说是熟人介绍的，但如此一来的话，对方势必会追问是谁介绍的。要是在这时提起公一的名字，情况必定会变得很不利；而如果随便编个名字出来的话，那么自己的谎话立刻就会穿帮。

“我在书上看到的。”

菜穗子找到了个折衷的答案，而久留美似乎也没有对此起疑。她点头说：“是吗?我们倒也曾在不少杂志上打过广告。”

“久留美你是从什么时候起开始在这里工作的?”

这一次轮到菜穗子主动提问了。

“从三年前开始的。”久留美回答说，“不过我只在冬天的时候才会过来。最繁忙的夏天，我自己的休闲小店也很忙，就不过来了。”

“久留美她总是在最忙的时候不在店里。”

经理似乎也听到了几人之间的交谈，隔着柜台大声说道。久留美扭过头去，冲着经理嘟起了嘴。

“人家一到冬天不就忙得团团转吗？这样成天做事，早就超过女性的劳动基准量啦。”

“你说谁忙得团团转啊？”

走道上突然传来说话声。几人扭头一看，只见一个身穿黑色毛衣的男子正从菜穗子她们走过的走廊上缓步而来。男子与经理的年纪大致相仿，身形瘦削，头发上也不知是抹了发油还是什么，看上去硬邦邦的，三七开发型的分际线就像是用尺子比着梳出来的一样直，给菜穗子一种植物般的感觉。

“上条先生。”

久留美冲着男子打了个招呼。

“您对我说的话有啥意见吗？”

“岂敢岂敢。只不过我也是头一次听你这么说，还以为是自己听错了呢。”

上条用手按着头发上的分际线毫不客气走到菜穗子她们坐的桌旁。他对久留美说了句“给我来一杯蓝山”，之后冲着菜穗子微微一笑，用手掌指了指两人面前的空座。

“请问可以和你们二位同席吗？”

“请便。”

真琴连看都没看他一眼，冷冰冰地回了一句。然而上条似乎毫不在意。他跷起二郎腿，看着两人吃了一阵三明治之后，开口问道：“我听医生太太说了。你们似乎准备住那间‘矮胖子’房间啊？”

"对。"菜穗子回答。

"你们知道那房间是怎样的一间房间吗……"

"知道。"

上条吹了声口哨。

"人不可貌相啊，两位真是够勇敢的。久留美她直到现在都不敢独自一人进那间房间去呢。"

"案件发生的时候，上条先生你是否也住在这里呢?"

吃完三明治，真琴把果汁的吸管凑到嘴边，开口问道。上条打了个响指，说了句"那是当然"。这样的动作，让菜穗子更加觉得眼前这男子实在是惹人讨厌。

"我住在风车房间，去年也一样。"

"风车?"

"就是'风车'。同时也是这家旅馆的房间里名字最让人感觉乏味的一间。"

其后，上条便开始叽叽咕咕地讲起了英语。听上去似乎是首关于风车的诗，但菜穗子几乎连一个字也没听懂。并非是因为上条的英语讲得很流利，其实菜穗子对自己的英语也颇有自信，之所以没听懂，完全是因为上条的英文发音实在太烂。

"风起风车转，风息风车停——就这意思。要是这歌能再有点深度就好了。"

"上条先生，你当时有没有和那个自杀的人交谈过呢?"

见对方的话题似乎要向一些无关紧要的事偏移开去，菜穗子赶忙把话题给扭转了回来。只听上条自鸣得意地说了句"那是当然"："过不了多久，你们就会深有体会，一旦在这家旅馆里住下，与同住之人之间的同伴意识就会自然而然地变得强烈起来。去年死掉的那人也一样。直到临死前，他都和大伙儿相处得很愉快。正因为如此，他的死才会让我们觉得无比震惊。不过既然他患有精神衰弱，那也就没办法了。”

“你和那人当时都聊了些什么呢?”

话问出口，菜穗子才开始担心起自己这样问是否有些纠缠不休来。然而上条丝毫不以为意，回答说“聊过许多”。

久留美端来了咖啡，三人间的谈话暂时中断了一会儿。等久留美转身走开之后，上条便立刻接着说道。

“一旦住进了这家店里，过不了多久，你们就会找到与其他住客间的共同话题。比方说这家旅馆本身，英国人为何要变卖掉这座别墅？为什么每间房里都装饰有《鹅妈妈童谣》的歌词……嗯，这些事其实只需问问经理就能知道，但去年那人对这些事似乎很感兴趣。”

说完，他把咖啡杯端到嘴边，美滋滋地啜起了咖啡。咖啡的醇香飘散到了菜穗子的鼻子跟前。

菜穗子回想起公一生前就是学英美文学的。虽然她并不清楚搞的具体是哪方面的研究，但既然旅馆里出现了《鹅妈妈童谣》，那么估计公一就不会对此不闻不问。

“对了。除此之外，这家旅馆还有另一件听后令人毛骨悚然的传闻。”

上条的目光在两人脸上来回游弋。之后他探出身子，压低了嗓门 。菜穗子强压着内心的不快，聆听着上条的讲述。

“不光是去年，听说前年这里也曾经死过人。所以去年已经是这里第二次死人了。”

“两年前也……”

菜穗子不由得身子一颤。扭头看看真琴，只见她的表情似乎也有些僵硬。

“是怎么……死的呢?”

听到真琴的语调中带有了一丝紧张，上条似乎颇为满意。

“大体上可以算作是起事故吧。大体上……”说完，他指了指菜穗子她们身后的窗户，“过段时间，或许你们会到周围散散步。到时候你们就到这家旅馆的背后去看看吧。后面是一处深深的山谷，山脚下有条几乎已经断流的河。山谷里架着座断开的破旧石桥，前年，那人似乎就是从那里摔下去死掉的。”

“大体上这话又是什么意思?”

喝干了橙汁之后，真琴哗啦哗啦地晃动着杯底的冰块。上条瞟了一眼柜台那边，之后用更低的声音说道：“意思是说，这件事没有任何确凿的证据。坠崖而死这种事，光看尸体的话，是很难判断死因究竟是事故、自杀还是他杀的。因为没有遗书，所以不是自杀；因为找不出凶手，所以也不是他杀。最后就只剩下事故的可能……当时那起案子，最后就是这样草草结案的。”

“当时上条先生你是否也住在这里呢?”

菜穗子也开始对上条所说的事起了兴趣。一阵莫名的不祥预感令她的心跳骤然加速。

上条嘟起下唇，表情艰涩。

“很遗憾，当时我来晚了一步。那年我到这家旅馆来的时候，事情已经过去三天了。别说尸体，就连死掉那人当时住的房间也已经被打扫得一干二净，连根火柴棍儿都不剩。听说发生了这么件事的时候，我还曾经打算扮演一次日本的福尔摩斯呢。”

上条抿了口咖啡，哈哈一笑。

“当时那人住的是哪间客房？”

菜穗子在心中暗自祈祷着别又是“矮胖子”。要真是那间的话，倒还真会让人有些毛骨悚然。

“你猜猜看。”

上条一脸开心的表情。菜穗子摇了摇头，只听真琴在身旁冷冷地说道：“风车。”

上条两眼放光，举起双手，比了个投降的姿势。

“明察秋毫。你可真是个聪明的女人。医生和高濑君都曾经把你误认作是男的吧？真不知道他们到底都在想些什么。正因为如此，他们才会一个被老婆管得服服帖帖，另一个连个女朋友都找不到啊。”

“上条先生你为什么要住那间呢？”

听菜穗子如此问道，上条笑着说：“也没什么特别的理由。就像我刚才所说的那样，我只是觉得有点兴趣，所以就在那间房里住了下来。但只要成了这家旅馆的常客，他们就每年都会为你准备好同一间房间。经理似乎理解成我对那间让人感觉不快的房间情有独钟，打那之后，他们总会为我准备好‘风车’那间房。”

与自己所说的话截然相反，也不知为什么，上条的脸上反而笑得很开心。菜穗子在内心之中暗自吐了吐舌头：比起那间“风车”来，还是眼前这男的住在那房间里这件事更加让人觉得可怕。

“唉，又拖着你们聊了这么久那些无聊的事。”上条放下咖啡杯，看看表，之后站起身来，“很高兴认识你们。我的房间是你们住的那间往里走的第二间。有兴趣的话，随时欢迎你们来玩。”

之后，他冲着菜穗子伸出了右手，看样子似乎是想和她握个手。尽管心里老大不乐意，但这毕竟也是作战计划的一环，菜穗子最终还是伸出了手。从身形上还真是很难想到，男子的手竟会如此瘦骨嶙峋。

上条又和真琴握了握手。要不是菜穗子被他那句恶心的“两位可真够勇敢的”给雷到的话，或许就会觉察到真琴的目光在刹那间变得犀利起来了。

“至于两年前的那件案子，你们就去问大厨吧。他好像知道得比较详细。”

说完，上条的身影便消失在了走廊的深处。菜穗子环视四周，不知何时，经理和久留美的身影也不见了。

“惹人厌的家伙。”

菜穗子一边在牛仔裤上擦着刚才与上条握过的那只手，一边向真琴寻求同意。菜穗子知道真琴她原本就不喜欢男的，尤其是刚才那种类型的。

“是啊……”

然而真琴的话却似乎有些心不在焉，两眼怔怔地盯着自己的右掌。过了一阵，她突然冷不丁地说道：

“可话说回来……咱们也不能大意啊。”

2

距离谷底大约有几十米高。如此陡峭的角度，与其说是山谷，倒不如说是悬崖来得更贴切些。站在崖边朝下望去，感觉就像是随时都可能会被吸入谷底似的。只是短短数秒的时间，原本便有点恐高症的菜穗子便已感觉到有些恶心。

正如上条所言，“鹅妈妈旅馆”的后边的确是座山谷。与对面山崖之间的距离约有二十来米，斜斜的山崖上长满树木，看上去感觉似乎要比实际的距离更近一些。

“那里大概就是那座石桥了吧？”

真琴指着斜坡上一处凸显出来如巨大岩石般的地方说道。与其说是座桥，倒不如说是桥的残骸。整座桥的百分之七十连接在对面的山崖上，百分之二十与这边相接，剩下的百分之十则落到了谷底。

“从这里摔下去的话，那可就一点儿没救了啊。”

菜穗子的话音刚落，真琴就已经走上了断桥。在延伸出去大约两米的地方，石桥断成了两段。真琴在断桥的顶端处蹲下身去。

“危险，别这样啊。”

身后传来菜穗子的声音。石桥上积了一层雪，真琴仿佛随时可能会摔下去一样。桥前竖着的那块“危险”的告示牌，显得如此地具有威力。

“这桥似乎是很久以前就塌掉了。”

真琴站起身来，缓步走回。菜穗子放开捂着脸的两手，问道：“那又怎么样啊？”

“回想起刚才上条说的那事，我就在想那人怎么会从这种地方摔下去的。之前我曾经考虑过桥是在那人从桥上走过时垮掉的可能，但上条当时并没有这样说过；要是两年前案发时桥早已垮塌了的话，那么那人又跑到这里来干吗？”

“跑这里来干吗……”

菜穗子望了一眼桥下，之后便立刻挪开了视线。光是这样轻轻一瞥，便已让她的膝头开始打起了颤。

“大概是来散步的吧，之后一不留神就摔了下去。”

“散步？到这种除了这桥之外啥都没有的地方来散步？还只身一人?”

“上条可没说过那人当时是一个人来的。”

“他曾经说过，这案子到现在还闹不清是事故、自杀还是他杀。也就是说，这案子没有任何的目击者。如果当时是两人一起去散步的话，那就应该有目击者才对。”

“你想说什么?”

“什么都不想说。”

沿着来时的路往回走的路上，真琴说：“我不过是在想，两年前的那件案子和去年的案子之间是否存在什么关联?”

“哥哥他去年是头一次到这里来的啊?”

“之前对自杀的说法提出质疑的不正是菜穗子你自己吗？既然如此，那就得考虑上所有的可能性才成……哎?”

真琴停下脚步，望了望山谷下方。她望着山这一侧斜坡的下方说：“下边有人。”

菜穗子也战战兢兢地朝下看了看，只见树林之中有个白影忽隐忽现。

“是个人吧？也不知他跑那地方干嘛去。”

“大概是观察鸟类吧。”

“谁知道。”

真琴稍稍偏了下脑袋，之后便再次迈开了步。两人都默不作声，静静地并肩走着。过了一阵，当两人刚要转过旅馆正面的拐角，菜穗子打算开口说些什么的时候，只听身后有人问道："两位出来散步吗?"

"这边，这边。"

见菜穗子二人四处查看，找寻声音传来的方向，声音再次响了起来。最终还是真琴率先将目光投向了上方。"啊……"

菜穗子也随着真琴抬起了头。只见尖尖的屋顶下，医生太太在二楼的窗户里笑着冲她们招了招手。在这家旅馆里只有这间客房和另外一间有二楼。

"太太，你们住在那间房里吗?"

菜穗子问。她的心里不禁对那间房的远景有些羡慕。

"是这间和这下边的那间。没事的话就来玩玩吧。"

"可以吗?"

"当然可以。是吧?"

最后那句"是吧"，似乎是冲着屋里的医生说的。菜穗子看了看真琴，只见她也点了点头。

"那我们就多有打扰了。"

菜穗子冲着楼上说。

医生两口子住的房间与菜穗子她们那间分别处于两栋楼上，这里是所谓的"阁楼"。阁楼与主楼之间用走廊相连，唯有这里可以不通过玄关进出旅馆。菜穗子她们打算走进房间时，就见这间房专用的门扉上，挂着一块牌子。牌子上写着：

伦敦桥与老鹅妈妈

“这房间的名字可真够长的啊。”

“估计是因为房间有两层构造的缘故吧。”

菜穗子胡乱猜测了一句。出来迎接她们的太太微笑着说了句“说得没错”，把她们两人迎进了屋里。

一进门，首先出现在眼前的是一套待客用的沙发和茶几。乳白色的茶几在正中央，周围是一圈让人感觉内心沉稳的棕褐色沙发。医生已经换上了一件蓝色羊毛衫，从沙发上站起身来，笑意盈盈地冲着两人说了句“欢迎”。

“我去给两位冲茶。”

房间的角落里甚至还有处家庭吧台。太太拿出一罐日本茶来，说道：“这可是我们从东京带过来的。”

菜穗子扭头在屋里环视了一圈。墙壁和家具的色调全都统一成了深沉的茶色，惟有窗帘是深绿色的。

“拙荆对这房间很中意。”医生往茶几上的烟灰缸里掸了掸烟灰，冲着自己的妻子伸了下脖子，“经理也总会帮忙，替我们预留好这间房。”

“喜欢这间房的人恐怕不止我一个吧？你自己不也说过住不惯其他房间吗？”

“我不过只是习惯住这间房子而已。”

“又说这种话……你这人呐，就喜欢嘴上逞强。”

太太把冲好日本茶的茶具放到茶几上。在这种地方嗅到这样的香气，让人有种怀念般的错觉。

“这房间的一楼就是‘伦敦桥’房间了吧？”

菜穗子望着正面墙上的壁挂说道。

壁挂与她们那间的材质相同，同样雕刻着浮雕。甚至连壁挂上的英文似乎都是同一个人的笔迹。

“能让我看一下吗？”

还不等夫妇俩回答，真琴便已凑到了壁挂旁，把壁挂翻了过来。只见背面也同样刻着这首歌的日语译文：

伦敦桥要倒塌了，
要塌了，要塌了。
伦敦桥要倒塌了，
我的窈窕淑女。

真琴把壁挂放回原位，问道：“菜穗子，明白这意思吗？”

菜穗子轻轻摇了摇头：“英语的意思倒是明白……不过却搞不懂这歌到底想表达什么。”

医生双手握住杯子，眉眼垂得比以往更低了。

“让人捉摸不透这一点似乎就是《鹅妈妈童谣》的特色啊。”

之后他又解释道：“似乎全都是些凭感觉即兴写的东西。好像就是为了配合曲调似的，总之挺有趣。”

真琴重新坐回沙发上，说：“难道还有曲子？”

夫人回答道：“有啊。所谓《鹅妈妈童谣》，几乎可以说是英国传统童谣的代称。比方说，《玛丽的小羊羔》就是其中之一。”

“啊，那首歌我听过。是‘玛丽有一只小羊羔，小羊羔，小羊羔’吧？”

菜穗子试着唱了两句。那曲子她曾在很久之前听过。

“除了这首之外，你们应该还听过不少其他的曲子才对。只不过你们不知道它们就是所谓的《鹅妈妈童谣》罢了。这首《伦敦桥》也配有旋律。而这首歌的词之所以会让人感到玄妙，除了调子不错之外，似乎还存在着其他的理由。”

虽然并非是在有意卖关子，但太太先啜了口茶，感叹了一句“果然还是日本茶的味道最好”之后，这才微笑着继续说道：

“实际上，英国的确有座伦敦桥，但每次建造好之后就会被水冲垮。从十世纪到十二世纪的这段期间里，英国人曾几次试图在泰晤士河上建造桥梁，结果却每次都被大水冲毁，而这首歌讲述的就是当时英国人的实际感觉。其实这首歌还有着下文，说是用黏土造的桥被水冲垮的话，下次就用砖块造；用砖块造的桥被水冲垮的话，下次就用钢铁造——如此逐级递升，最终说到用石头造。而实际上，在十三世纪建成了石桥之后的六百年里，直到被人拆除之前，那座石桥一直安然无恙。”

“知道得可真够详细呢。”

真琴对太太的博学多才赞誉有加。菜穗子也露出了一副钦佩的表情。

“也没有啦。”

太太看起来似乎很开心，面带羞涩地说。太太身旁的医生却一脸早已兴味索然的表情，懒懒地说：“嘁，还不都是听经理讲述的嘛。”

太太嘟起嘴来，扭头冲着丈夫说：“可我能记得清清楚楚，已经算是很不错了。你却连自己去年在车站站台上摔过一跤都忘了呢。”

“每次有客人来你都会重复一遍，记性再差的人也会记住了。”

“你是在说我记性差吗？”

“那个……”

眼看老两口搞不好就要争吵起来，真琴连忙插口问道："经理对《鹅妈妈童谣》知道得很详细吗？"

听真琴发问，太太就像是这才想起真琴她们还在身旁似的，红着脸说道："没错，据说当时把各房间壁挂上的英文翻译过来的人就是经理，估计当时他也对诗的内容学习调查过吧。就像他所说的，其实这些有关伦敦桥的知识也是经理告诉我的。不过如果换作是其他事，或许我转头就会忘掉。"

太太实在是念念不忘啊。

"是啊。"真琴陪笑道。

菜穗子回想起了之前上条说过，经理知道每间房里都挂着刻有《鹅妈妈童谣》的壁挂的理由——

看来有必要找经理详细地问问相关的情况啊。菜穗子心想。

"既然这里是'伦敦桥'房间，那楼上就应该是'老鹅妈妈'房间了吧？"

真琴问道。夫人回答道："是啊。"

"可以让我们参观一下吗？"

"请，请。二楼的感觉也挺不错哦。"

就像是早就在等对方的这句话一样，太太兴冲冲地从沙发上站起身来。医生用他特有的那种扫兴口吻说："也没什么可看的，她这人就喜欢夸大事实。"

太太扭头瞪了医生一眼。

二楼是间卧室。虽然屋里也有一扇窗户，放了两张床，基本配置与菜穗子她们那间大致相同，但因为面积比较宽，所以还放了衣柜之类的其他家具。房间的角落里还放着医生夫妇俩的旅行包。见行李的数量似乎比在车站时看到的要多，菜穗子不禁感觉有些纳闷。太太解释说："比较大件的行李我们提前用宅急便送过来了。"之后，她把菜穗子拉到窗边，故意磨磨蹭蹭地推开窗户。

"从这里远眺的景色可是很美的哦。你看那条山际线。是不是很像一块铺展开来的银色布匹？大山真是让人感觉不可思议啊，随着太阳光的变化，大山也会不停地变换表情。刚才还带着一丝浅蓝的大山，转瞬间就会变得如一幅水墨画一般。"

菜穗子心想，想要远眺附近的景色的话，这里的确是一处最为适合的地点。雪白的大山就仿佛一块画布，阳光在这画布上交织出的光的艺术的确会令人陶醉神往。然而，想要欣赏这样的美景，前提是观赏之人的内心之中必须有去欣赏它的闲情。对从刚才起就在寻思真琴为何一直盯着壁挂的菜穗子而言，雪山反射出的阳光只让她感到有些目眩。

"景色的确挺美的……这房间可真不错。"菜穗子离开窗边，把目光巧妙地转移到了室内，"你在看什么呢，真琴？"

真琴把壁挂翻了个面，正在看上边的日语译文。

"这首诗也同样让人闹不明白啊。"

"让我看看英文原文。"

"嗯。"

真琴翻转壁挂，让菜穗子看了看正面。

"意思是说……从前有只鹅妈妈，每次出门时，都要骑在鹅背上，飘忽地飞过天空。"

真琴看着壁挂的背面念诵道。

"的确是首让人捉摸不透的诗啊。"

菜穗子抱起双臂，不解地说道："为什么鹅要骑在另一只鹅的背上飞呢?”

不知何时，太太也凑到了菜穗子的身旁。

“这首诗就连经理也不是很明白，不过之前我曾在绘本上看到过，这上边说的鹅妈妈似乎并非是只母鹅，而是一个老太婆。所以经理也说这个鹅妈妈或许是那老太婆的诨名之类的。”

“那这首诗是不是也和《伦敦桥》一样，隐含了什么意思呢?”

菜穗子试着问道。

“有没有隐义我倒是不清楚，但这首诗也同样有着下文，而且故事还挺长的。不过据经理说，这首诗似乎并不像伦敦桥那样有历史背景。”

“原来如此……不过话说回来，太太您的记忆力还真是挺不错呢。”

这话虽然是对太太的一句讽刺，太太却满脸开心地说了声“谢谢”。

“咱们还是到这边来欣赏一下大自然的画卷吧。这样晴朗的天气可不多见哦，这种好机会可不能轻易放过。”

太太对从特殊席位上瞭望这事似乎情有独钟。无奈之下，菜穗子只好舍身作陪。真琴也一脸不情愿地站到了两人身旁。但真琴站到窗旁之后，她手指的却并非太太为之自傲的风景，而是脚下的山路。

“那人是谁?”

菜穗子也把目光投向了真琴指的方向，只见一名身穿登山装的男子正低着头默默地往上攀登。估计他就是刚才在山谷里看到的那个人影吧。菜穗子心想。

太太朝那边望了一眼，之后便颇为怀念地说道。

“啊，那是江波先生。他还在搞那事啊？”

“搞那事？”真琴问。

“他就喜欢观察那些个奇奇怪怪的虫子和植物，有时似乎也会观察鸟类。当然了，他也是这家旅馆的常客之一。”

“他是独自一人到这里来的吗？”

“对，一直都是一个人来。”

“是吗……一个人来啊。”

真琴一脸诧异地俯瞰着那个一身登山服的男子，菜穗子觉得自己似乎也能理解她的心情。上条也好，江波也好，他们为什么每年都会独自一人跑到这种地方来住呢？换作自己的话，是绝对不干的。正因为不愿，才让真琴陪自己来。

刚才真琴无意间说的一句话再次在菜穗子的耳畔回响起来。并不是因为什么都没有，正是因为暗藏着些什么，众人才会聚集于此——

3

走出太太他们住的房间，两人穿过走廊回到了主楼。从一间房间前路过之后，前边就是大厅了。桌旁连一个人都没有，经理和一名身材短胖的男子正在柜台后边有说有笑。那男子身材强壮得就跟个职业摔跤手似的，或许是身上脂肪较多、不惧寒冷的缘故，男子只穿了一件短袖的衬衫。当他觉察到菜穗子二人，扭过头来时，投来的目光却又安详得仿佛动物园里的大象一般。

“这位是小店的主厨。”

经理向菜穗子二人介绍道。男子笨拙地从柜台的椅子上起身，冲着两人深深地行了一礼。

“要是两位对饭菜有什么不满意的地方或者有特殊要求，请尽管开口。两位远道而来，若是让两位觉得后悔的话，那我也会于心不安。”

“两位也不必特意去记他的名字，我们这里只有这一个厨师，而且他自己也为别人都这么叫他而感到荣耀。”

“少来揶揄我，经理。你自己的名字叫起来不也挺啰嗦的吗？是叫啥来着？雾野……不对。”

“雾原。”

“对，好像就是这么叫的。与其叫你这种就跟虫子似的名字，倒不如直接叫‘经理’来得干脆。不说这个了，两位小姐有没有什么不喜欢吃的食物呢？”

真琴干脆爽快地回答了句“没有”。大厨似乎早已从她的体型上看出了这一点，点了点头。菜穗子也回答说几乎没有。实际上，两人也的确没有在料理的菜单上看到什么特别讨厌的食物。

“那就好。如今大街小巷里到处充斥着减肥的书，这种事根本就是本末倒置。只要不挑食，营养摄取均衡，身材自然会好。不过这话由我来说，感觉似乎也没啥说服力啊。”

说完之后，大厨微微一笑，转身走进了柜台后边的厨房里。等大厨的身影消失之后，经理冲着菜穗子两人挤了挤眼，说道：“他的手艺可不一般哦。”

“对了，我们有点事想向经理请教。”

真琴往刚才大厨坐的椅子上一坐，开口说道。菜穗子立刻便心领神会，在她身旁坐了下来。

“是有关《鹅妈妈童谣》的事。”

“嗯。”

经理露出了一脸僵硬的笑容。

“估计你们都已经听人说过了吧？挂在各房间里的壁挂上的诗句，其实都有些来头。”

“是上条先生告诉我们的……”

经理脸上的那蓬胡须之中露出了一副“果然不出我所料”的表情。

“真拿他没办法，他那人就喜欢夸大事实。其实这事也没什么值得一提的。”

“可他却说过，这已经是他们这些常客之间的共同话题了。”

“真拿他没辙。”经理重复道，“没这回事，只是上条先生自己这么觉得罢了。”

“可是……”

“真的……”经理的言辞开始变得有些闪烁起来，“其实也没什么。《鹅妈妈童谣》的歌词也没什么可值得深究的，不过只是件装饰罢了。如果两位不喜欢，那我去帮两位房里的那壁挂拿掉好了。”

从对方的语气之中，菜穗子感觉到了对方压抑在心头的一股怒火。

“没这回事。”真琴摆了摆手，“我们不是这意思。”

“那两位的意思是……”说着，经理把擦拭咖啡杯的布巾扔进了水池里，“算了，我这里也还有工作要做。”

冷冰冰地抛下这么一句之后，经理从柜台后走了出来，消失在了走廊的深处。自己是不是说错什么了？两人怔怔地望着经理的背影消失不见之后，大厨硕大的身影便从厨房里钻了出来。大厨伸长他那短短的脖子，确认经理的身影已经消失不见之后，皱着眉说道："你们问的时机不对。"

"我们说了什么不该说的吗？"

见菜穗子一脸担心的样子，大厨轻轻摇了摇头，说道："不必在意。"

"那家伙喝高了或者心情好的时候自己也会聊起这事的，不过看样子今天他的心情似乎并不太好。"

"到底是怎么回事啊？"

听真琴问起，大厨再次朝着经理人影消失的方向望了一眼，之后把既短又粗的食指贴到自己的唇前。

"你们可别告诉其他人说是我告诉你们的啊。"

菜穗子和真琴对望了一眼，之后向着大厨探出了身子。

"这事已经过去了八年时间了。"

说完大厨抬头看了看贴在墙上的日历。精美的大海景色上，整齐地印刷着一年里的日期。他似乎是在看过表示年份的数字之后才说出刚才那话。

紧接着，大厨便打开了话匣子。

八年前，经理当时在某公司任职。据大厨说，就只是一家普普通通的公司，甚至连具体描述的必要都没有。而大厨自己则从那时起就已经是一名厨师，据他本人说，自那个时候起，他的厨艺便已经跻身一流。两人在当时就已经是至交。而除了他们两人之外，还有另外一个与两人关系较为亲密的人。那人是个带着个六岁男孩的英国女性，早年丈夫死于交通事故。那女子的丈夫生前与经理是一同登山的伙伴，所以三个人的关系也颇为亲近。而如今的这家"鹅妈妈旅馆"正是那女子丈夫的别墅。

“可后来那个六岁的小男孩死了。”说到这里，大厨的声音变得有些哽咽，“当时我和经理两人一起到这座别墅里来玩。在一个大雪纷飞的夜里，那男孩出门之后就再也没回来。当时我们把救援队也找来，大伙儿一起四处寻找，到头来却还是没能找到。一直到第二天的清晨，我们大伙儿才发现了那男孩。话说回来，母亲的执着可真是够厉害的，还不等天亮就独自一人跑出门去，发现男孩是在崖边失足摔下，挂到了树枝上。”

大厨似乎回想起了当时的情景，顿了一顿，重重地叹了口气。

其后没过多久，那女的便提出想把别墅卖掉。据她的话说，是因为她打算回家乡去，准备把这里给转让出去。而当时在公司里上班的经理的梦想恰巧是离开公司自己开家旅馆。对自打学生时代起就对大山着迷的他来说，每天面对办公桌的工作根本就是一种痛苦的煎熬。当时那女子提出的价格对这样的一栋建筑而言完全可以说低廉到了惊人的地步，而且这里只需稍作改动，就可以改换成一家不错的旅馆。

“对经理而言，这是他人生最大的转机。当然了，对我而言同样也是。因为我跟那家伙说过，等他做了旅馆的经理，要让我来做主厨。而那家伙当时也满口答应。”

说着，大厨冲两人挤了挤眼。

经理的决定让那位英国女性颇为欣喜，说是如此一来，她也就能安心回家了。但当时她也曾提出过一个条件。而那条件委实令人感觉有些不可思议。

“每间房里，都装饰有一块壁挂。请不要把它们给拿掉，也不要换掉——这就是当时她提出的条件。除此之外，她还希望不要对房间原本的构造进行改建。”

菜穗子听完之后，喃喃说道：“真是个奇怪的条件。”

“确实很奇怪。所以当时我们也找她问过其中的原因，可她却死活不肯说，只是面带微笑地一言不发。”

之后，那种不自然的笑容从大厨的脸上一扫而空，他一脸严肃地盯着眼前的两个女孩：“之后没过多久，那女子就自杀了。”

菜穗子倒吸了一口凉气，而真琴也被他这句话震得半晌说不出一句话来。大厨压抑着内心的感情，用毫无半点抑扬顿挫的声音接着说道：

“她在东京的自家公寓里服毒自杀了。她的身旁放着一封写给我们的遗书，遗书里这样写道：有关别墅的承诺，请务必遵守。那是通向幸福的咒语……除此之外，她还把她生前时常佩戴的一条挂坠也封进了信封里作送给我们的留念。那是个小鸟形状的古董。”

“嗯，”菜穗子点了点头，“就是久留美小姐挂在脖子上的那条吧？”

“女性的目光果然敏锐。就是那条。结果那混蛋却根本不当回事，随手给了那小姑娘。虽然有点老土，但那小姑娘很机灵，一直戴在身上。”

“通向幸福的咒语……这话是什么意思？”

听过真琴的问题，大厨有气无力地摇了摇头。

“她的死或许是因为痛失爱子的打击太过沉重，但当时她的精神状态也并不是太好。说句实话，什么《鹅妈妈童谣》啦，咒语啦，估计都是她的幻想罢了。但毕竟这事已经答应过她，而且也算是她的遗言，所以我和经理一直都按她生前说的在做。而且说起来，其实那些壁挂挂在房间里也挺有气氛的，所以最后我们也就任由那样挂着了。所以说，经理刚才说没什么特别的意思，其实也是句实话。”

“原来这其中还有这么段故事啊……”菜穗子低垂着头，望了真琴一眼，“如此说来，倒也难怪经理他不愿提起啊。”

“不光是这样。”大厨把嗓门压得更低了，“其实经理他一直在暗恋那个英国女子，这可是机密中的机密哦。”

说完之后，大厨挤了挤眼，真挚的笑容再次回到了他的脸上。

4

“八点左右，来到房间外，发现卧室门上了锁。绕至窗外，发现窗户也插了插销。八点三十分时再次来到房外，发现房门上锁。九点，第三次来到房外，房门依旧上着锁。打开门锁进屋，卧室房门也上了锁。打开卧室门锁进屋，发现哥哥已死，窗户的插销牢牢地插着……”

手里捧着根据高濑的讲述写成的纪要，菜穗子在房内来回踱步。她这样做，是希望能够再现发现哥哥死去时的状况。如此一来，菜穗子发现，当时现场的确是一间密室。不论再怎样反复地推敲，其结论都没有任何的改变。

“果然还是不行。不管再怎么想，当时都没人能够进出这间房。”

菜穗子纵身扑向哥哥当年死去的那张床上。而自从回到这间屋里，真琴就一直躺在相邻的床上，两眼盯着天花板看。

“早就说过，你这是在白费心机。假设你哥哥并非自杀，而是死于他人之手，那么如果不能掌握当时所有客人的行动，就没法儿解开这个密室手法。如果光凭菜穗子你这样瞎猜一通就能解开所有谜团的话，那么警方早在案发之后就把这案子给侦破掉了。”

“这个……说的倒也有点道理。”

可菜穗子却偏偏无法让自己对这案子坐视不理。这旅馆仿佛有种莫名的氛围，令她感到焦躁不安。而大厨方才的那番话，也同样让人感觉有些毛骨悚然。

“急也没用，目前毕竟还处在搜集数据的阶段。”真琴用仰卧起坐的动作坐起身来，“现在让人感到蹊跷的还是两年前发生的那起事故。它与菜穗子你哥哥的死之间是否存在有什么关联……另外就是你哥哥寄回去的那张明信片了。”

“你说这个啊？”

菜穗子从夹克衫的衣兜里掏出了公一的那张明信片。

“来到这里之后，我总觉得明信片上那些莫名其妙的话与这家旅馆似乎有些相似之处。”

“相似之处？”

“也就是说，”真琴从菜穗子手里接过明信片，朗读了起来，“马利亚何时归家——这话在东京时看起来让人有些摸不着头脑，但与这旅馆各房间里的壁挂上的那些文字对照过之后，感觉似乎与这里的氛围倒也蛮相配的。”

“或许这句‘马利亚何时归家’，其实就出自《鹅妈妈童谣》中的某一节呢。”

“的确有这种可能。”

“如果真是这样的话，那么哥哥他当时应该是在对《鹅妈妈童谣》进行着某种调查吧？如此一来，情况又会如何呢？”

“单纯地考虑的话……”

两人不约而同地说出了“咒语”二字。菜穗子重重地点了点头。

“要是听过方才大厨所说的那番话，哥哥他必定会感兴趣。”

聊到这里，只听屋外有人敲响了房门。菜穗子走出卧室，回答了句“来了”，就听门外传来了高濑的声音：“饭菜已经准备好了。”

“好的，我们马上就去……”

不等菜穗子的话说完，就听真琴叫了声“高濑先生”。随后她把菜惠子推到一旁，抢先打开了房门。

“稍微耽搁你一下，我有点事想问你。”

看对方来势如此汹汹，高濑不禁往后倒退了一步。

“什么事？”

“进屋再谈吧。”

把高濑让进屋里后，真琴粗暴地关上房门，之后把手里的那张明信片递到了他的眼前：“请你看一下这个。”

高濑吃了一惊，连连眨眼，之后他接过真琴递来的明信片，说了句“干嘛呀，突然这样”。那双略带茶色的眼睛在明信片上匆匆掠过之后，高濑又将目光投向了两人。

“有什么问题吗？”

“这是我哥哥去年寄回家去的明信片，”菜穗子说，“直到他死去之后，这张明信片才寄到家里。”

“……是吗?”

或许是这位一年前的客人让他想起了太多往事的缘故，高濑紧绷着双唇，翻来覆去地看了几遍。

“好了，你到底想问什么呢?”

“就是想问上边的这些话。”真琴用手指着高濑手里的明信片，“上边不是提到圣母马利亚吗?这句话实在让人感到费解。刚才菜穗子还提起，说或许这其实也是《鹅妈妈童谣》里的一段。”

“是这样啊。”高濑的目光再次回到了明信片上。听说或许与《鹅妈妈童谣》有关，似乎也提起了他的兴趣。

“这话看起来的确有点像，不过我自己倒是没看到过。要不你们拿去找经理请教一下吧?”

“莫非因为我哥哥当时正在调查什么相关的东西?”

当时公一的确在调查相关的情报，而且还委托了菜穗子也来帮忙。开始时高濑还说了句“不清楚啊”，但其后他便仿佛想起了什么似的，将目光投向了半空中。

“对了，当时他曾经拜托我给他画幅画。”

“画幅什么画?”

哥哥对绘画之类的没有丝毫兴趣这一点，身为妹妹的菜穗子是最清楚不过的。如果硬要说他对绘画感兴趣的话，那顶多也就是漫画之类的。

“说让我给画幅这旅馆的画，平面图立体图都行。”

“旅馆的画……”

思考了两三秒之后，菜穗子和真琴两人对望了一眼。而率先采取行动的人，果然还是真琴。她拉起高濑的手，硬把他按到桌旁的座位上，之后她自己也在对面坐下了身。

“菜穗子，有纸和铅笔吗？最好拿张大点儿的纸来。”

“我这儿有便笺。”

菜穗子转身走进卧室，从包里掏出了便笺和钢笔。便笺的右上角上还印着啄木鸟的插画。

菜穗子把纸和笔放到桌上，真琴撕下一张便笺，递给了高濑。之后她又拧开钢笔的笔套，往纸旁一放。

“干吗呀？搞的就跟逼着我签合同似的。”

高濑的笑话并没有把真琴逗笑。“请你给画一下吧，就像你当时帮菜穗子的哥哥画的那幅一样。”

“也没啥一不一样的，只是旅馆的俯瞰图罢了。不过画这图又有什么用呢？”

高濑盯着两人的脸看了一阵，之后他恍然大悟般微笑了起来。

“你们是听人说起了那些有关咒语的传闻了吧？是谁说的？经理吗？还是大厨？”

真琴点头道：“还有上条先生。”

高濑忍不住笑了起来。

“你们和上条先生聊过了啊？原来如此，是让他给闹的啊？嗯，这原本都没人关注的咒语的事，本来就是让他给传出来的。不过我想你们应该也听说了吧？那其实根本就不是什么咒语，不过只是之前那房主的一些胡思乱想罢了。”

“没关系。”真琴把便笺推到了高濑的面前，“总之你就画吧。重要的是，当时原公一对那些咒语很感兴趣。”

真琴的嘴角上虽然带着笑意，但目光无比犀利。高濑求助似的看了看菜穗子，然而菜穗子眼中的认真劲儿却丝毫不亚于真琴。

“拜托了。”

菜穗子说道。她的声音听起来似乎就像是强压着内心的感情，从牙缝中挤出来的一样。高濑见状，也终于认命，一边提起笔来开始画，一边说道：“不过我想这事和你哥哥的案子应该没什么联系吧。”

最初的第一步。

看着高濑不停移动的手，菜穗子的脑海里浮现出了这样一句话。

第三章　长犄角的马利亚

1

晚餐后的大厅。

这时候，住在旅馆里的客人们全都聚集到了一起。或许是因为这时候即便回各自房间去也没什么事可做，所以这群彼此熟识的客人全都聚在一起，兴高采烈地相互叙旧。菜穗子和真琴也找了个地方坐了下来。

经理、久留美、医生太太、高濑和菜穗子她们在吃晚饭时才第一次见面名叫大木的男子五个人围坐在一起打牌。几个人似乎经常打牌，每个人的牌技都很不错。而经理打牌时的那种技艺更是远远超乎了外行的范围，面前堆起了一大摞的筹码。

看到菜穗子的身影，大木轻轻挥了挥手，可菜穗子佯装没有看到。吃晚饭的时候，他给菜穗子留下了很糟糕的印象。

“我也是在东京念的大学，说起来可以算得上你们的学长呢。”

刚在菜穗子的对面坐下身，大木就开始和她套起了近乎。说完这番话之后，这个估计马上就要奔三的男子才报上了自己的姓名。稍稍有些卷曲的头发乱蓬蓬地披在身后，身材魁梧，从他那张被太阳晒得黝黑的脸来看，感觉就像是个运动员似的，而五官却又长得跟演艺圈的人一样油头粉面。菜穗子觉得其缺点就在于，他给人的第一印象就是总喜欢炫耀自己的这些长处，但他自己似乎并未察觉到。

“上大学的时候我经常去打网球，现在也偶尔去玩玩。有时还能临时当下教练。你会打网球吗？”

听他那话的口气，感觉就像是一提到网球，年轻女孩就会趋之若鹜似的。而实际上，或许之前他也曾经靠这办法泡到过几个妞。然而菜穗子却不想让人这样小看自己。她深吸了口气，之后把已经到了嘴边的话换成了“我讨厌网球”。她觉得自己语气严厉，表情却很沉稳。大木的那表情感觉就像是从未遇到过这样的傻妞似的。

“讨厌网球？那是不可能的。你估计是对网球有啥成见吧？还是先尝试一下，之后再说喜欢或者讨厌之类的话吧。如今这年头，连网球都不会打的话，可是会被当成年轻人中的异类哦。”

感觉像是颇有自信一般。菜穗子的心里一股无名火起，别人喜欢什么讨厌什么，又有什么可能不可能的？这种时候，如果真琴在自己身边，她必定会狠狠地瞪对方一眼，让对方知趣而退。可大木却偏巧赶在真琴离席的时候凑了过来。

“大木先生你也是每年都会到这里来吗？”

为了转换话题，菜穗子开口问道。

“差不多吧。每年一到这时候，哪儿都会变得拥挤不堪。比起出门独自旅行，还是这种地方比较有情调些。”

“那你应该也知道有关‘通往幸福的咒语’的事吧？”

听菜穗子提起之前从大厨那里听说的事，大木就像是被打了个措手不及似的，反问了一句：“咒语？”

“就是《鹅妈妈童谣》的……”

听对方这样一说，大木这才猛然想起似的点了点头。看到他脸上的表情似乎有些僵硬，菜穗子不禁有些在意。

“你说那童谣啊？什么嘛，我还以为什么呢……我对那种玩意儿可是一点儿兴趣都没有。告诉你，你可别说出去啊。依我看呐，那传闻不过是，为了宣传这家旅馆而搞的噱头罢了。你要是当真的话，那你就输了。”

“不过话说回来，那故事编得倒也挺巧妙的呢。”

“谎靠撒，牛皮靠吹，故事都是越编越精彩。要是你还想让梦继续做下去，那你就这么想好了：幸福早就已经落入了其他人的手里，而那咒语也早就失效了。”

“其他人的手里？”

“只是这样想想罢了。”

这时候，真琴终于回来了。大木侧眼瞥了真琴一眼，说了句“我们过会儿再聊”之后便匆匆离开了。与真琴擦肩而过时，大木还冲着她微微一笑。那笑容与他面对菜穗子时完全一样，感觉就像是专门接受过训练似的。对这家伙可不能掉以轻心——菜穗子的内心之中对他产生了这样的一种认识。

“对了，今天我看到了一幅挺有意思的光景呢。”

大木一只手拿扑克，对众人说道。之所以会说得那么大声，大概是想让菜穗子也能听到。

“你看到什么了？”

医生太太搭腔道。

“傍晚我到旅馆后边的山谷去散步的时候，看到有只乌鸦在啄土，也不知道它到底在搞什么。”

“乌鸦？那估计是在吃蚯蚓吧。这种事最好还是问江波先生吧。是不是啊？江波先生。”

被医生太太赞誉为昆虫和鸟类博士的江波此刻正坐在柜台旁的椅子上，与大厨对饮着百威啤酒。他一边听着大厨说笑，一边不时地往嘴里抛花生米。之前医生太太也邀请了他一起打牌，所以大概也可以算是牌友之一。

听到有人突然叫自己的名字，他似乎吃了一惊，扭过头来稍带结巴地回答：“搞不懂啊。”

吃饭的时候，因为座位比较接近，菜穗子也曾和他聊过几句。尽管他说话的时候嗓音低沉，但感觉倒也并非是那种不会说话的人。面对对方的询问时，他的回答简单明了，而且从来没有半句废话。问他是干哪行的，他也只回答说在建筑公司上班，不过从他约莫三十岁左右的年纪来看，估计在公司里他也已经是中坚力量了吧。他的身材稍稍有些偏瘦，肤色也较白。看他那双与脸庞轮廓完全匹配的双眼皮眼睛，菜穗子猜测他年轻时必定是个美男子。

回到旅馆之后，江波似乎立刻就去泡了个澡，他的身上散发着一股香皂的气味。

“白天的时候，你都在干吗？”

菜穗子说自己在到旅馆背后去散步的时候曾经看到过他。江波稍稍顿了顿，回答道：“我是去看看有没有什么鸟类。”

说完，他把目光从对方的脸上挪了开来。

医生坐在暖炉前的头等席上瞪着国际象棋的棋盘。与他对弈的是上条。他们俩自从太阳落山之前起就一直这样面对面地坐着了。菜穗子和真琴交换了个只有她们俩才明白的眼色，凑到了正在对弈的两人身旁。

“可以让我们观战吗?”

听菜穗子这么一说，上条面带得色地回应道：“好啊，好啊。不过身旁有美女助阵的话，说不定会脑袋充血下错棋呢。要来点什么喝的吗……”

“不必了。”

真琴冷冰冰地回答道。然而上条不以为意，盯着真琴的脸看。

“你们知道国际象棋的规则吗?”

“多少知道一点。”

“那就行。”

看到医生下定了一步棋，上条的话中途便停了下来。上条瞥了一眼棋盘，思考了一两秒钟，下了一步棋。之后他再次抬头望着真琴说：“下次有机会的话，咱们来切磋一下吧。”

“那就等有机会吧。”真琴的回答显得兴趣不大。

其后的一段时间里，菜穗子二人和两名对弈者均默不作声，几人静静地下棋观棋。话虽如此，基本上绝大部分时间都是医生在一脸苦恼地沉思。上条则是在抽烟的间隙中，不时地挪动几下棋子。光是如此，便足以让医生皱眉深思。

“你的棋风的确有些迥异啊。”

医生抱着双臂说道。几个人中，几乎只有医生说话，从刚才起，他就在不停地重复说这句话。在菜穗子听来，这话与其说是在赞誉对手，感觉更像是在挖苦对方。

“是吗?”

上条悠然自得地回答。看他那样子，感觉比起自己的棋局来，似乎更关心身旁那牌局上的战况。每次医生陷入沉思中时，上条就会伸长脖子去望那些打牌的人。

“你这棋下得不按常理啊。”

“哪有。”

“正常人哪会把车下到那种地方去嘛。”

“是吗？不过我倒觉得是招好棋呢。”

“是吗?”医生一边喃喃自语，一边再次陷入了沉思之中。百无聊赖的上条每次与菜穗子的视线相交时，都会露齿一笑。他那口牙整齐得让人觉得可怕，甚至还有种比常人要多出几颗来的错觉。看着他的牙齿，菜穗子不禁联想起了钢琴的键盘。

“我们找人问过房间名的由来了。”

眼见棋盘上的往来暂时停止，真琴开口说道。找机会和上条聊聊这事，就是她坐到这里来的目的。

上条搓起嘴唇来说：“哦？是听经理说的吗?”

“不，”真琴说，“我们是听大厨说的。”

听过真琴的回答，上条一边两眼望着牌局，一边强忍着笑。“那就是经理心情不好了。每次提起那事来，他的情绪就会变得阴晴不定。”

“你们在说啥事呢?”

医生手里拿着主教的棋子问道。他大概是在为自己如此冥思苦想而上条却在与别人谈论其他事感到不满。

“就是有关咒语的那事。我把那事也告诉了这两位小姐。”

医生露出了一副很不耐烦的表情。

“怎么，又是那事啊？那话题都已经成陈芝麻烂谷子了啊。到现在还对那事抱有兴趣的人，恐怕也就只有你一个了。”

“我这是永不失去求知好问的心行不行……你那主教准备往哪儿放呢？那里啊？你放那里的话……那我就这样。”

上条随即便挪动了自己的棋子。

“大厨也说那咒语其实没有什么太大的意思。上条先生，你又为何会对它如此执着呢？”

这正是眼下菜穗子和真琴最想弄明白的问题。上条露出了少见的严肃表情。

“我觉得不可能会没意思。尤其是对英国人而言，《鹅妈妈童谣》就是他们生活的一部分。我想其中应该包含有一定的深思，但其他人很少会表现出兴趣来。漠不关心，这也是现代社会的一种病症。”

“那，去年死掉那人又如何呢？”

菜穗子说道。她本想尽可能不动声色地发问，耳根却忍不住热了起来。“上条先生你不是说过，那人经常会提起那事来吗？”

还不等上条有所反应，医生便已抢先说道：“说起来，那年轻人当时似乎也对咒语挺感兴趣呢。莫非他也是受了你的影响？”

“或许也存在有这方面的原因吧。不过他似乎从壁挂中发现了超越咒语的东西。”

“超越咒语？”真琴反问。

“对。他似乎是把咒语当成了暗号，觉得《鹅妈妈童谣》其实暗指了某个地点，而那里或许隐藏着什么宝物——大致就是这样。正因为如此，所以才说那是一段‘通往幸福的咒语’。”

果不其然，验证到自己的猜测并没有出错，菜穗子体会到了一种近乎感动的心情。公一当时正在对咒语进行调查，这正是她和真琴两人刚刚推导出来的结论。让高濑画下这家旅馆的俯瞰图和那张意思不明的明信片，就是她们如此推断的根据所在。除此之外，正如上条所说的，学习研究英美文学的公一，是不可能会对《鹅妈妈童谣》漠不关心的。

上条还用了“暗号”这种说法。

菜穗子心想，听到这样的话，哪怕不是《鹅妈妈童谣》，估计公一也会飞身扑上去的。他对推理小说这类的东西是没有抵抗力的。

“那……他最后有没有理解那段咒语的意思呢?”

听真琴如此问道，两人同时摇起了头。那意思似乎并非否定，而是在说“不大清楚”。

“说起来，当时他好像也曾经到我们的房间去过几次，每次都盯着墙上的壁挂看。记得当时他还说了些让人莫名其妙的话。”

医生竖起食指，嘴唇不停蠕动着。这似乎是他回忆时的习惯。“对了，他似乎说过‘黑种子’还是啥的，还是说是‘黑虫子’? ……不对，应该就是‘黑种子’。”

“黑种子? 除此之外他还说过什么?”

菜穗子本想尽可能轻描淡写地提问，但声音里还是不禁有些兴奋。

“记不清了，毕竟都已经是一年前的事了。”

上条出了一手狠招，而医生的话便就此打住了。不过菜穗子的收获已经不少了。至少，她们的方向并没有弄错。

“走吧。”

在真琴的催促下，菜穗子也站起了身。

2

十一点过后，两人各自爬上了自己的那张床。关灯之后没多久，真琴的床上就传出了熟睡的均匀呼吸声，而菜穗子却在毛毯中辗转难眠。身体早已感觉疲累不堪。自从今早由东京出发之后，她们就这样那样地忙活了不少的事，却不知为何，菜穗子总觉得自己就像是嚼了薄荷一样，脑袋里无比清醒。无数的念头浮现在脑海之中，然后又消逝不见。矮胖子、两年前的事故、石桥、伦敦桥……

石桥？伦敦桥？

菜穗子的心被这份联想彻底占据了数秒的时间。医生太太当时曾经说过些什么。因为伦敦桥曾经几次在建成后遭到冲毁，所以最后选择了用石头来建造……对，就是这事。是巧合吗？或许吧。就算情况的确如此，那又能说明什么呢？

菜穗子想起了《玛丽的小羊羔》那首歌。

这里的客人全都是群奇怪的人。上条、大木、江波、医生……高濑……对了，他可不是客人。还有扑克、国际象棋……

薄荷的功效似乎终于变弱了……

醒来之后，清晨依旧未曾到来。就像睡着之前一样，黑暗之中传来真琴均匀的呼吸声。菜穗子吐了口热气。她只觉得一阵口干，舌头感觉就像是海绵一样干燥。或许她醒来的原因也正在于此。这样的夜里，躺在一年前哥哥死去的床上的头一天夜里，是否原本就会让人感觉到口干舌燥？

菜穗子轻轻地下了床。赤着脚穿上便鞋，几经周折才摸到了门边。周围一片漆黑。走进起居室，菜穗子打开灯，看了一眼座钟。那只样子像是老式扩音器的钟面上，时针指向两点整的位置。

菜穗子在睡衣外边披上滑雪服，静静地走出了房间。尽管四处都开着长明灯，但走廊上依旧有些昏暗。仿佛随时都可能会有只手突然搭到自己肩上的恐怖感驱使着她快步走到了大厅里。

大厅里空气凝滞。那边是象棋，这边是扑克，眼前是十五子棋，这些东西各自散发着它们的气息，沉淀在空中。菜穗子从十五子棋的桌旁走过，来到了柜台前。用水杯打好水，重新拧紧水龙头后，就听不知何处传来了开门的声音。仔细一听，声音似乎是从厨房里传出的。菜穗子知道那里有扇后门。都这么晚了，到底是谁？心中如此一想，菜穗子便藏身到了柜台后。就连她自己也无法解释为何要这么做。

厨房的出口有两个，一处在柜台的旁边，另一处则在走廊一侧。厨房里断断续续地传出有人小心翼翼、无声无息地走动的感觉。菜穗子担心不已，不停地思考着如果厨房里的人从柜台旁现身的话，自己该怎么办。要是让对方发现了的话，自己又该怎样搪塞过去。但事情并未像她所担心的那样，从后门走进厨房的人最后从走廊一侧走了出去。菜穗子感觉到对方在走廊上渐渐走远。并非脚步声，纯粹只是一种感觉。那人的气息渐渐远去，过了一阵，菜穗子才站起了身。

周围的感觉和刚才她过来的时候没有半点差别。只有氛围变得有些纷乱。国际象棋、扑克和十五子棋的气息全都混到了一块儿。一口气喝干了杯中的水，菜穗子脚步匆匆地回到了房间里。杯里的水被她的掌心捂得温热。

回到房里，菜穗子便立刻钻回了床上。一种莫名的不祥预感向她袭来。虽然这种不祥预感的由来不明，却让她感到越来越不安。

就在这时，隔壁传来了一阵响动。

声音来自隔壁的房间。关门的声音，有人在屋里走动的声音。菜穗子不由得屏住了呼吸。

“是‘圣保罗’那间吧。”

黑暗中突然听到真琴的说话声，菜穗子被吓得轻轻尖叫了一声。

“左边隔壁那间不是‘圣保罗’吗?”

脑海中回想起旅馆的俯瞰图来，菜穗子不禁点了点头。但黑暗之中，真琴是不可能看得到她刚才的动作的。

“那间房里住的是谁?”

这些事菜穗子早就已经调查得清清楚楚。她大大地打了个呵欠。

“是大木。三更半夜的，也不知是和谁约会去了。”

翌日清晨，菜穗子被噩梦吓醒了。那噩梦虽然吓得她冷汗直流，醒来之后，她却完全忘记了自己梦到了些什么。菜穗子觉得有些不甘心，坐在床边拼命回忆，可脑海里就像是大雾被风刮过一样，什么也没有留下。

真琴的床上已经空无人影。她的包大开着，里边露出了蓝色的塑料小包。菜穗子之前也曾看到过。那是真琴用来装洗漱用具的。大学的勤工俭学商店里就有售，三百五十日元一个。看到那东西，菜穗子也连忙从床上跳了起来。

刚走两步，正巧碰到真琴洗漱完归来。虽然当时她正在用白毛巾擦拭着脸，但看到菜穗子后，她还是轻轻抬了下右手，沾在额发上的水珠在清晨的阳光下散发着光芒。

“早上好。”

见菜穗子冲自己打了个招呼，真琴轻轻点了点头，冲里边努努嘴。里边站着的人是大木。

大木拧开水龙头，一边往盆里放热水，一边怔怔地望着窗外。也不知他在沉思什么，连水从盆里溢了出来他都没有觉察到。

菜穗子缓缓走到他的身旁，冲他说了句“早上好”。他就像是如梦初醒，全身打嗝似的抽动了一下，连忙关上了水龙头。

“啊……早上好。”

“你这是怎么了啊?”

见菜穗子把脸凑了过来，大木连忙笑着摇了摇头。

“没什么，只是发了下呆。”

“是因为昨晚睡得太晚吗?”

“也许吧。”

“你昨晚好像出去过?”

菜穗子轻描淡写地问了一句，大木却惊讶地睁大了眼睛。他的黑眼珠不住地晃动，狼狈的神色在他脸上显露无遗。

“你都看到了?”

“也不是，那个……”

这一次轮到菜穗子手足无措了。尽管她知道该感到狼狈的人不是自己，但面对着大木那副严肃的表情，昨晚那种不明就里的不祥预感又再次在心中复苏了。

“我听到你昨晚从外边回来。”

菜穗子好不容易才挤出了这么句话来。大木回答了句“是吗……”但脸上那种倒吸一口凉气的表情依旧没有丝毫改变。菜穗子像是被对方的气势给压倒了，低下了头。

“昨晚我有点失眠，”过了一阵，大木用生硬的语调说，“所以出去散了会儿步。”

“是吗？”菜穗子说。两人间的气氛有些凝重。

大木拿起自己的洗面奶，冲菜穗子说了句“过会儿见”，之后便逃也似的走过了走廊。

等到大木的身影消失不见之后，真琴凑到菜穗子身旁说：“有点蹊跷啊。”

“是啊。”

“他大概有什么事瞒着我们吧？”

“嗯……”

菜穗子点了点头，两眼怔怔地望着大木留下的那只装满了热水的脸盆。

黄油炒鸡蛋、熏猪肉、蔬菜色拉、南瓜汤、羊角面包、橙汁、咖啡——这些就是这天早上的菜单。与菜穗子她们俩一起用餐的是医生夫妇和上条。江波和大木早已用过早餐，出门去了。高濑不时现身，为众人补充羊角面包和咖啡。

“昨晚睡得还好吗？”

邻桌的医生太太向两人问道。她那张未经化妆的脸看起来就像是镇上居民自治会的大妈。

“睡得很好。”

真琴回答。菜穗子却默不作声。

“真厉害，居然能在那间房里睡着。年轻就是好啊。”

一边把撕开的羊角面包塞向嘴边，医生一边羡慕地说道。

菜穗子心想，这是一个与他们两口子聊聊的绝好机会。自己虽然很想找他们这些常客聊聊哥哥的那件案子，但若是贸然发问，反而会让对方觉得有些奇怪。

“去年闹出自杀案件的时候，医生您都在干什么呢？”

虽然菜穗子尽可能地想以拉家常的语调和夫妇俩聊聊，但声音听起来还是有些兴奋。然而对方并没有觉得有什么不自然的地方。医生一边嚼着嘴里的食物一边点头，之后他的喉头微微一动，咽下了嘴里的食物。

“还能干什么？当然是帮忙做尸检。这地方前不着村后不着店的，听说住客中恰巧有位医生，那些刑警们全都一脸如释重负的表情。”

“医生当时可真是帅呆了。”上条在一旁揶揄道，“感觉就像是刑侦连续剧中人似的。”

“就是，还对那些刑警们指手画脚。”太太说。

“我可没对他们指手画脚，不过是把检查结果告诉了他们罢了。”

“那，最后得出的自杀的结论，是医生您做出的判断吗？”

听到如此一针见血的问题，菜穗子不禁扭头看了看真琴的侧脸。医生一脸有苦难言的表情，连连摇头。

“客观来说，我只能说不清楚。尸体的身旁放有毒药，很明显，死者是喝下了那毒药而死的。但能清楚判断的也就仅止于此。死者究竟是自己喝下的毒药还是被人给强行灌下的，再或是误服了毒药，这一切全都无从考证。当时我的面前就只有一具一动不动、默无声息的尸体。”

“听起来就像首诗似的。”

上条端起咖啡杯来说道。菜穗子瞅了他一眼，之后便不再理会他，扭头望着医生。

“那就是说，自杀这结论是警方做出的判断？”

“那是当然。只不过我也曾经向他们表达过自己的意见，认为他杀和事故死的可能性不大。把毒药误当成药服下的可能性很小，而且我们这些人中，似乎也没有哪个会疯狂到对刚认识的人痛下杀手的地步。”

“与其说是意见，倒不如说是一厢情愿。”

或许是早就对上条的这种冷嘲热讽习以为常的缘故，医生不动声色地冲着他说道：

“是一厢情愿。也可以说我相信是这样的。当然了，正如你所说的，警方还没有天真到会把我们的一厢情愿记录到搜查笔记中去。当时起到关键作用的，还是现场的状况和一些与死者相关的情报。所谓状况，指的就是房间的门锁……”

“当时房门是从屋里上的锁。”或许是不想让丈夫独占风头的缘故，医生太太也抢着说道，“而且备用钥匙保管得很严密，并非轻易就能弄到的。如果是被杀，那么这案子就是一场密室杀人了。”

太太两眼放光，洋洋自得地说。

太太刚闭上嘴，医生便立刻开口说道：

“警方当时也曾找相关人员询问过各种情况，但最后他们还是只能认定将门上锁的就是死者本人。而且死者当时正处在精神崩溃的状况下，完全具有自杀的动机，因而警方也就顺便以此结案了。”

“那医生您自己是怎样认为的呢?”

菜穗子在不经意间抬高了嗓门。当她发现自己的情绪有些激动之后，又压低嗓门继续说道：“也就是说，死者当时已经开始有些精神崩溃了吗?”

或许是她的说法太过有趣的缘故，医生的脸上终于露出了往常那种平静的表情。

“以我这个医生来看，当时他的精神状况应该没什么问题。警方告诉我这事的时候，我甚至还大吃一惊。至少在我的面前，他从没有表现出精神崩溃的样子。”

“我也这么觉得。”太太说，“那小伙子感觉挺不错的。当时他还和我们一起打过牌，只不过牌技很一般。”

“这里的人只有大木君赞同精神崩溃的说法，我也同意太太的意见，觉得他是个不错的小伙。”

上条的话听起来似乎并没有什么太深的含义，却在菜穗子的心里留下了影子。

“大木先生觉得死者当时的确有些精神崩溃吗?”

“倒也还没到那地步。他那人头脑灵活，曾经在众人面前展现过他的博学多才，让大伙儿都对他感到钦佩，所以靠身体吃饭的大木君或许会看不惯他。大木君那人挺喜欢标榜自己的，所以才会赞成精神崩溃的说法，借此来诋毁死者在众人心目中的形象。”

“……”

当真如此吗？菜穗子心中暗想。大木那样说会不会其实另有目的？

见菜穗子默不作声，真琴赶忙圆场道：“嗯，人在旅途，自然少不了会发生些事情。如果发生的都是好事就好了。”

“的确如此。”

夫人啜着剩下的汤汁说道。菜穗子还在替她担心那汤是不是凉了，却见太太美美地喝光了汤，开口问道：“对了，今天你们打算上哪儿去溜达呢？稍微走远一些的话，还可以去溜冰哦。”

听真琴说还没决定，之前一直在默默地喝着咖啡的上条突然露出一脸猛然想起些什么似的表情。

“说起来，大木君昨天还踌躇满志地说今天要带你俩四处走走呢。他那人向来是个积极分子。”

真琴在菜穗子的身旁缩了缩脖子：“的确是个积极分子。”

“那大伙儿今天都打算干什么呢？”

菜穗子冲着医生两口子问道，可回答她的人是上条。

“得先把昨晚那盘棋分出个胜负来。”

“棋？”

“就是和医生之间的那盘棋，还胜负未分呢。”

菜穗子一脸吃惊地望着医生。

“昨晚最后谁赢了？”

医生闭起他那对眼角下垂的眼睛，说：“不过是一盘棋而已。”

“只赢他一回，他是不会死心的。”上条不耐烦地说，“还得再赢他十九盘才行啊。”

吃过早饭，两人在旅馆周围散了会儿步。一条小路从旅馆的门前向着树林蜿蜒延伸。估计是昨晚又下了场雪的缘故，路上积起了十公分左右的新雪。

穿着防滑靴的脚踩在路上，积雪沙沙作响。眼见前方并无脚印，估计她们是不会与江波和大木相遇了。

“你是怎么想的？”

真琴一边用脚尖踢着积雪，一边问道。

“什么怎么想的？”

听菜穗子如此反问，真琴满脸难以启齿的表情，把手放到了头上。

“就是有关你哥哥的那件事嘛。据医生两口子的说法，当时他看起来似乎并没有什么精神崩溃的症状。”

“是啊。”

菜穗子把两手插进夹克的衣兜里，默不作声地向前走着。踩到雪堆时，脚底的那种触觉让她的思维中断了下来。

“我也希望事实就是这样。如此一来，我觉得哥哥他并非自杀而死的想法也就能够得到验证了。而且如果他直到临死时都处在精神崩溃的状态中，感觉似乎也怪可怜的。”

真琴什么也没说。过了好一阵，她才自言自语似的喃喃说了句“的确”。

“不过最让人觉得不对劲的人还是大木啊。只有他一个人说当时你哥哥有点精神崩溃，这一点实在是让人感觉有些蹊跷啊。他这样做的目的，会不会是为了让自杀的论断更为可信？”

“你的意思是说，是他杀了公一？”

“我也不大肯定……但他给人的感觉的确有些奇怪。昨晚不也一样吗？三更半夜的，怎么可能会跑出去散步嘛。还有，刚才我还在想，大木不是在我上床之后回房的吗？如此一来的话，我藏在柜台后边时，从后门进来的人就不应该是他。这样一来……”

“那就是说，大木并非独自一人了啊。”

“你怎么一点儿反应都没有啊？”

菜穗子不满地嘟起了嘴。

小路与通往旅馆门前的车道并排延伸着。只要沿着它向前走两百米，就能走上主干道。说是主干道，实际上也没什么大不了的。沿着主干道而上，最终通往的也不过是条越走越窄的登山道；往下走的话，也只能到达那处马厩似的车站。

来到与主干道交汇的地方，两人转身返回。不管走到哪里，眼前都是同样的景色：积雪，白桦，穿过树林的缝隙间洒下的阳光和耳畔那若即若离的小鸟叫声。

往回走到一半，两人便遇上了高濑驾驶的面包车。高濑郑重地停下车子，打开车窗。

“我去迎接客人。”高濑说，“总共有四位。这下子就全到齐了。”

“都是些怎样的客人啊？”

真琴问。

“一对住在‘呆头鹅与长腿叔叔’房间的夫妇，另外两位是来滑雪的男客。”

“住哪间房？”

“‘启程’那间。”

说完，高濑再次踩下了油门。面包车笨重的车身稳稳地在路上飞驰了起来。

菜穗子和真琴走出小道，之后就像昨天一样绕到了旅馆背后。旅馆背后倒是留有着不少脚印。然而两人却并未对此发表任何的看法。

石桥依旧断在半空之中。在菜穗子看来，这座从中间断开的石桥仿佛一对龙头凑在一处窃窃私语的巨龙父子。

“之前都没发现啊。”

真琴望着东边说道。菜穗子也跟着扭过头去。

“大山居然离得那么近。”

“是啊。”

其实那山也算不上很高。两人的东面耸立着两座样子很相似的山，而太阳此刻正挂在两座山的正中央。

“感觉就跟驼峰似的。”

真琴说出了自己心中的感想，菜穗子也表示赞同。

菜穗子战战兢兢地走到崖边，朝谷底望了一眼。沐浴在旭日的晨晖下，断桥的残影静静地匍匐在谷底。巨龙父子的影子似乎比空中的巨龙要凑得更近一些。

要是再往前走上一步，估计身体就会不由自主地颤抖起来，菜穗子赶忙往回退了几步。她害怕高处，既冷又高的地方更是让她感到恐惧不已。

真琴在桥根处蹲下身，探头朝桥下看了看。见菜穗子走到自己身旁，她指了指石桥的背面。

“那是什么啊？”

隔着真琴的肩头，菜穗子也探头朝桥下看了看。石桥下边藏着一根粗粗的木料。真琴一边留意着脚下，一边探出身子，小心翼翼地把那根木料抽了出来。光从她手上的动作就能看出，木料的分量不轻。

最后，真琴从桥下抽出了一根大约两米长的四棱木材来。说是四棱木材，其厚度大约有五公分，宽度则为四十公分，感觉更像是块板材。虽然真琴并不懂木材质量的好坏，但其新旧程度一眼就能判断出来。

“这玩意儿是干啥用的?”

真琴用右拳轻轻地敲了敲木板，崭新的板材发出了清脆的声音。

“估计是用来做家具什么的吧。这家旅馆的东西不是很多都是手工制作的吗?”

听菜穗子如此说道，真琴稍稍想了想，喃喃自语地说了句“或许吧”。之后，她又把那东西塞回了原位。

回到旅馆，只见医生和上条还在棋盘面前鏖战，却不见太太的人影。经理坐在暖炉前看报，见两人回来，抬头冲着她们说了句“你们回来了”。

两人沿着冷冷清清的走廊向房间走去。站在房门前，真琴冲着走廊深处努了努嘴。

“那边咱还没去过吧？过去看看如何?”

除了自己住的房间外，两人只去过“伦敦桥与老鹅妈妈”的房间。那房间对面是“圣保罗”房间，里边住的是大木。旁边就是菜穗子她们住的“矮胖子”。再往里走是“呆头鹅与长腿叔叔”房间，房门的牌子上写着英文的字样。菜穗子她们知道这房间与“伦敦桥”那间一样，同样也是两层的。

“长腿叔叔”的对面是“风车”，也就是“磨坊”的意思。据上条说，他就住在这间房里。

"风起风车转，风息风车停——我记得上条曾经这样说过吧。"

菜穗子回忆着说。这样的儿歌的确朗朗上口。

"结果这种理所当然的事也被拿来编成了儿歌。"

"这肯定也是《鹅妈妈童谣》的特征。"

两人从"风车"旁走了过去。

走道在前边朝左拐了个弯，而在拐弯之前——也就是"风车"那间房的对面——有一处大约四平方米见方的地方。那里放着一张散发着黑色光泽、看起来已经很有些年头的圆桌，而墙上则挂着一幅感觉就像是幼儿涂鸦似的油彩抽象画。

"菜穗子，你看这个。"

听到抬头望着墙边架子的真琴叫自己，菜穗子也走了过去。真琴的手里拿着个保龄球瓶似的东西，凑近一看，才发现那其实是用木头雕成的人偶，其大小就跟一升装的可乐瓶差不多。

"这是圣母马利亚吗？"

"哎？"

听真琴突然这么说，菜穗子并没有立刻明白她这话的意思。马利亚……何时归家？……哥哥的明信片……

"让我看看。"

菜穗子接过人偶来看了看，感觉它似乎已经有些年头，拿在手里沉甸甸的。人偶的头上严严实实地裹着一层布，臂弯里还抱着个婴儿。

"是圣母马利亚，错不了。"

"公一那张明信片上提到的圣母马利亚，莫非就是它？"

"不清楚……"

菜穗子再次看了看手里的马利亚像。马利亚的表情看上去很安详，如果这人偶是出自外行之手的话，那么这人的技艺倒也可以算得不错。但没过多久，菜穗子便发现这尊马利亚像上有处奇怪的地方。不管走到哪里，这世界上都不可能找得出与它相似的马利亚像来。

菜穗子说：“这马利亚……头上怎么会长着犄角？”

“哎？不可能吧？”

或许是因为圣母马利亚与犄角这样的组合实在是太过突兀，就连真琴也没有留意到。菜穗子把那尊马利亚像递到了真琴的眼前。

“你看，额头上有突起，对吧？这会不会是犄角啊？”

“怎么会……这世上哪儿有长犄角的马利亚嘛……”

大概是觉得自己也无法解释出个所以然来的缘故，真琴的话只说了一半，再没有往下接着说了。她用手指轻抚着那突起，说：“我也搞不明白，大概是个装饰吧？可不管怎么说，这犄角的确有点怪异啊。”

“这话说的也是。”

菜穗子把马利亚的脸转朝向自己。马利亚的额头上有处米粒般大小的突起。这东西真的是件装饰吗？就算继续讨论下去，估计也没法得出任何能够令人信服的答案来。菜穗子一边喃喃地说着“好奇怪”，一边把那尊马利亚像放回了原位。

沿着走廊往左拐过弯，眼前就是这家旅馆的最后一间房了。深褐色的木门上挂着一块写着“杰克与吉尔”字样的牌子。

“‘杰克与吉尔’啊？”

“估计这间就是江波的房间了吧？”

不知何时，真琴已经把这些房间和房客都调查了个一清二楚。

菜穗子和真琴两人回到房间里查看俯瞰图时，高濑把新来的客人带进了旅馆。就在她们为高濑所画俯瞰图的细致与准确赞叹不已的时候，大厅里传来众人交谈的喧哗声。十分钟后，高濑嘴里念着“打扰一下”，敲响了房门。真琴站起身来，打开了门锁。

“今晚我们打算组织一场派对，如果两位有兴趣的话，就一起来参加吧？”

高濑盯着两人说。

“现在常客们全都到齐了，这也是惯例。而且明天一早，大木先生就要离开这里，所以机会就只剩今晚了。”

“大木先生吗？”菜穗子问道，“我怎么没听他说起过这事？”

“之前他预约的时候还打算在这里多呆一阵的，可今天突然提出说要离开。”

高濑对大木的预定变更似乎也感到有些困惑。

答应了参加晚上的派对之后，两人和高濑说，请他载着她们到附近的滑雪场去一趟。之前她们早已商量好，回东京的时候，得带张两人站在雪坡边上的照片回去，给父母一个交代。

前往滑雪场的路上，三个人在面包车里交谈了起来。

“有什么收获？”

双手握着方向盘，高濑两眼盯着前方说道。这样的问话，恰巧戳中了菜穗子的痛处。坐在后排座位上的她，根本无法看到高濑此时的表情。

“目前还不清楚。”真琴回答说，“情况倒是打听到了不少，但能不能算得上是收获，那就不得而知了。搞不好其实我们只是在白费心机罢了。”

“那有关鹅妈妈的咒语这方面，有没有查到些什么呢？”

毕竟她们昨晚曾让高濑画过俯瞰图，就连他，似乎也开始关注起这事来了。

“暂时还没有。”

“是吗？”

言下之意，似乎他早已预料到结果会如此。不知在这名看似纯朴的青年眼里，这两个对一场已经过去的自杀案件纠结不已的女大学生又是怎样的一种形象——菜穗子最后决定还是别再妄自猜测了。

“高濑先生，你在‘鹅妈妈’这里干了几年了？”

菜穗子突然若有所思似的问道。高濑稍稍停顿了一下，回答说“两年了吧”。菜穗子心想，他刚才停顿的那一下，或许是在计算年数吧。

“你一直都住在旅馆里吗？”

“大致可以算是吧。”

“大致？”

“我偶尔会到静冈去，我老妈在大学宿舍给人烧饭。只不过我很少回去。”

“你老家是哪里的呢？”

“之前我曾经在东京待过一阵子。但因为除了老妈之外我就再没有其他亲人了，所以也就不存在什么老家。”

从高濑的年龄来看，估计他是在高中毕业后一两年就到“鹅妈妈”旅馆来了。而高中毕业后的两年里他应该也没闲着。尽管如此，毫不发怵、淡淡地讲述着自己经历的高濑却让菜穗子见识到了与之前所认识的他不同的一面。

“两年前的话，那正好就是坠崖事件发生的时候啊？”

真琴说道。高濑再次停顿了一下，小声回答说：“是啊。”

“事故发生的时候，你已经在这里上班了吗？”

“还没……”

车子猛地往左划出一道弧线，菜穗子的身体不禁向右甩去，真琴也从左边靠了过来。高濑连忙向两人道歉。

“我是在那场事故过去很久之后才到这里来上班的。记得大概是在那件事发生了两个月之后吧……”

“是吗……”

菜穗子扭头看了看真琴，每当她在思考什么事的时候，她就会紧紧咬住自己的下唇。

面包车最终停在了沿着缓坡向上的升降机的出发点旁。道路的左边是升降机的登机口，外边排着十几个滑雪者，右边则是一片停车场，估计同时可以容纳几十辆车。

“我五点时会来接你们的。”

说完，高濑把车子调了个头。眼望着那个四角形的车子背影渐渐远去，真琴似乎有些话想说。菜穗子问她想说什么，她只回答说“没什么”。

从附近的小卖部租借了滑雪用具之后，两人坐上升降机，沿着斜坡缓缓而上。离开家时，菜穗子为了向家人隐瞒自己此行的真正目的，曾把自己的滑雪用具扛了出来，但因为背着实在太沉，所以最后扔在了真琴的公寓里。

坐在升降机里，菜穗子看着那些身穿五颜六色滑雪服的滑雪者们像彩色的玻璃球一样不停地从坡上滑下。尽管直到念了大学之后才开始接触滑雪，但她立刻就被这种运动深深吸引，每年都会往雪山跑个五六趟。换作是往常，或许她会满心期待地眺望着眼下的景色。

两人先用菜穗子带来的卡片相机互相拍了三张滑雪时的照片，之后又在主滑雪道下的小木屋前请一位貌似学生的男孩给两人拍了一张合影。那男孩似乎本想在把相机还给菜穗子时说点什么，但扭头瞥见真琴之后，男孩又把话咽了回去。或许是因为他无法对真琴的性别，也就是真琴是否是菜穗子的恋人这一点作出判断的缘故。站在一旁的真琴不仅脸上架着太阳镜，而且身材魁梧，所穿的滑雪服也是男式的。

坐在山间木屋的咖啡厅里，两人一边喝啤酒，一边点了些吃的。打发了一个小时的时光又滑了两个小时的雪之后，两人又到另一家咖啡厅里喝了些咖啡。随后又接着滑了两个小时，时间刚好到五点。

“玩得还算开心吧?”

刚一上车，高濑便开口问道。真琴回答说“还行”。不管是问的人还是答的人，说话的声音中都没有丝毫的情绪。

3

六点，派对开始。大厨引以为豪的料理全都被摆放在桌上，椅子则被挪到了墙边，完全是自助餐的形式。用香槟干了一杯之后，众人又接连不断地扳开葡萄酒的瓶栓。

直到这时，菜穗子她们才第一次与今天到达旅馆的芝浦夫妇见面。丈夫芝浦时雄年纪约莫三十四五岁，说话随和，感觉似乎是个老好先生，鼻梁上架着一副比他的脸要稍小一圈的圆框眼镜。妻子佐纪子是个长着张瓜子脸的美人，但是不大爱说话，始终躲在时雄的身后，从不主动开口。只不过她的脸上总是挂着笑容，倒也并不会给人一种阴郁的感觉。从两人的对话之中，菜穗子得知他们已经结婚五年了。

芝浦自称是搞眼镜批发的，把工厂制造出来的成品批量发到零售商手里。芝浦眯着镜片后的小眼睛说："不过是一份没多少收入的工作罢了。"

除了芝浦夫妻之外，今天到旅馆的还有两个工薪族模样的男子。两人一直等着菜穗子落单，伺机接近，殊不知这一切早已被菜穗子看在了眼里。

真琴此刻正在稍远处与经理交谈。

"你们是从东京来的吧？"

长着一张国字脸的男子找菜穗子搭讪的方式完全没有半点新意。而他身旁那个眼眉细长、嘴唇淡薄的长脸男子则不住地用目光打量着菜穗子。两人的长相都不是菜穗子喜欢的类型。听菜穗子搭了句腔，两人便开始争先恐后地自我介绍了起来。国字脸的男子姓中村，而那个长脸的男子则姓古川。

两人似乎只上了两三年的班，完全看不出社会人的老练与狡诈。或许是为了在菜穗子面前显摆，两人谈论的话题总是围绕着工作和公司，聊的内容既沉闷又乏味，菜穗子甚至连他们在哪家公司上班、具体负责什么工作都记不住。

"我们可是自打上学时起就开始玩高山滑雪了哦。"古川终于改变了话题，"我们可不喜欢那种人工造的斜坡，而是为了寻找天然的山坡才到这里来的。人工斜坡给人的感觉，与新宿那边也没多大的差别。”

空洞无物，纯粹只是在显摆罢了。自打念高中时起菜穗子就知道，这种男人没一个好货。那些平日在讲坛上衣冠楚楚、下课之后却连自己的学生都不放过、把女生的肚子搞大的就是这种人。说起来，当时那个禽兽老师后来又如何了呢?

“中村先生，古川先生，你们可别打她的主意哦。”之前还在忙着上菜的久留美，这时候终于脱下围裙加入到了众人当中，“人家可是名花有主的。”

“哎?那不是女的吗?”

中村嘟起嘴，朝真琴那边看了一眼。只听他说了一句“女的”，菜穗子便已看出这男的也没多少素质。说那两个字时，他的语调中充满了不屑。

“问题在于魅力。”

说着，久留美两手搭在菜穗子的肩上，连推带抱地把她给带到了柜台边。尽管身后没长眼睛，看不到中村他们的脸上是怎样一副表情，但只需想象一下，便足以让菜穗子开心不已。久留美贴在菜穗子的耳边小声说：“你最好提防着他们俩一点儿。”

“之前他们俩也曾多次挑逗过我。”坐到椅子上，久留美一边给菜穗子兑酒，一边噗哧一声笑了起来。

“久留美，你有恋人吗?”

久留美耸了耸肩说：“要是能遇上个像真琴这样的就好了，最好是个男的。”

菜穗子笑了笑。

看到菜穗子和久留美在柜台旁坐了下来，大木走到了两人身旁。“年轻人就是脸皮厚，实在是惹人厌啊。”大木张嘴就来了这样一句。看那样子，他说的似乎是中村和古川。嘴上这么说，他自己却也老大不客气地在菜穗子身旁坐了下来。

“明天一早我就得回去了。能认识你真的是很开心。但突然有工作要做，也就只好忍痛和你们道别了。这也正是上班族的无奈啊。”

“一路当心啊。”

久留美端起了酒杯。隔着菜穗子，大木冲久留美说了声“谢谢”。

菜穗子内心焦躁不已。就目前的情况而来，大木此人是所有旅客中最为可疑的一个。要是就这样放走了他，自己这一趟也就白跑了。但眼下自己既想不出什么能把他给留住的理由，也找不到能够判断他是否清白的办法。

也不知他是怎么想的，见菜穗子一脸一筹莫展的表情，大木凑到她耳边说道。

“过会儿能麻烦你给留个联系方式吗？咱们东京见。”

菜穗子扭头看了她一眼。换作以往，她肯定会对这样的话充耳不闻，但为了和他保持联系，菜穗子只得点了点头。

大木心满意足地笑了笑。

“好了，我也出去醒醒酒吧。”

大木从椅子上跳下身，迈着晃晃悠悠的脚步向着出口走去。坐在一旁的久留美轻声地说了一句“这人也不行”。

九点过后，派对变成了众人的棋牌大赛。医生与上条坐在棋盘边上进行着不知已是第几回合的较量，太太和久留美则在一旁下十五子棋。大厨、经理、芝浦夫妇、高濑，还有很少参与的江波，几个人凑成了牌局。

菜穗子一边和真琴对饮啤酒，一边看太太和久留美下十五子棋。中村和古川因为还得为明天的活动做准备，已经早早回房去了。

“将军。”

上条咳痰似的轻声说道。

在一旁打牌的大厨强忍着笑说：“真希望哪天医生也能扬眉吐气，叫嚷上一声‘将军’啊。”

医生转头冲着大厨说：“将军未必就意味着胜利。我这人做事向来喜欢先苦后甜。”

“可要是连将军都没有，又怎能逼得对方投子认输？”

“说了我这人是不鸣则已一鸣惊人的类型。我现在正在想怎样才能一举把他给将死呢。话说回来，你现在有工夫来管我的闲事吗？我看你那堆筹码似乎一直就没有增加过。”

“是没增加，不过也没减少。我看变少的似乎是医生你棋盘上的棋子啊？”

“别着急，好戏还在后头呢。上条君下棋毫无章法，所以我才会让他打了个措手不及。要是换作大木君那种棋风正统的对手，估计就会容易对付些。”

“他还只是个初学者。”

说着，大厨抛下了一张牌。

“下去了。”

医生太太从刚才起就一直在享受着十五子棋的乐趣。菜穗子心想，跟人抬杠或许也是医生的乐趣之一。

“话说回来，大木他到底干吗去了？自从刚才出去之后，就一直都没看到他回来。”

捏着要打的牌的手悬在半空中，经理就像是在征求意见一样，目光从众人的脸上掠过。

“感觉是有点久啊。”高濑也一脸担心地看了看报时座钟，“应该还没有回来吧。我从刚才起就一直坐在这里。”

高濑坐的地方距离门口最近。如果有人从外边进来，必须从高濑面前走过，才能回到自己住的房间里去。

“不对劲啊。”经理放下了手里的牌，“不会是在哪儿喝醉趴下了吧?”

“他的酒量可不小哦。”

听大厨说过之后，经理脸上的不安依旧不见半点减少。

“正因为如此，才更让人觉得担心啊。酒这种东西，可是千万大意不得的。高濑君，咱们出去找找吧。”

高濑回答了声“是”，放下扑克站起身来。眼看牌局上一下子少了两个人，大厨也开始有些着急了。

“应该没啥事吧？估计再过一会儿他就会回来了。”

“要是有事，可就麻烦了。”

经理和高濑穿上防寒服走出了旅馆。

见两人走出了旅馆，芝浦战战兢兢地开口问道。

“那个……大木他刚才干吗去了啊?”

“说是要出去醒醒酒。”

久留美扭头答道。

“是吗？那倒的确有点让人放心不下啊。”

“或许是因为今晚是最后一晚，有点放松过头了吧。”

江波淡淡地说道。不知为何，他这种平日不大说话的人，一旦开口，总会有种奇怪的说服力。甚至还有几个人跟着点了点头。

经理出门三十分钟后，众人全都沉默了起来。既听不到甩牌的响动，也听不到上条将军的声音。所有人都把目光投向了报时座钟，一言不发地呆坐在自己的座位上。

也不知是谁最先有反应，总之，当经理浑身是雪地走进屋里时，所有人全都站起了身来。

“找到没有？”

首先发问的是医生。或许是因为对方是名名医生，感觉自己无法完全无视对方问话的缘故，经理的嘴唇微微地翕动了几下。但最后他还是什么都没说，也有可能是因为说不出口。经理铁青着脸，两眼充血，目光从众人的脸上掠过。之后，他将目光投向了柜台的对面，走到柜台旁，抓起了电话的听筒。只见他按了三次按键，众人的心里变得更加紧张。

高濑刚一进屋，经理便对着听筒说了起来。众人有的望着高濑，有的侧耳聆听着经理的声音。

经理一边讲述，一边用毛巾不停地擦拭没有半点汗水的额头。任谁都能看得出来，他这是想让自己尽可能冷静地讲述。经理的声音传遍了整个旅馆的每一个角落：

“喂？是警察局吗？这里是‘鹅妈妈旅馆’。对，就是那条路上那家……我这里发生事故了……坠崖事故……被害者一名……对……对，没错。估计应该已经死了。”

第四章 坍塌的石桥

1

经理报警后不到半个小时，第一辆巡逻车便在漆黑的夜里冒着大雪来到了旅馆门前。没过多久，门外又传来了救护车的笛声。几分钟后，随后赶来的几辆巡逻车便挤满了旅馆的停车场。

以菜穗子为首的住客们全都被留在了大厅里等候。可以看到窗外巡逻车灯不停闪烁，一群精干的男子正围着旅馆来回忙碌，但外面究竟在搞些什么，情况到底如何，屋里的客人根本无从得知。至于事故的来龙去脉，众人更加是完全莫名其妙。对情况知道的最为详细的经理和高濑，都已经到外边去协助警方办案了。

或许是听到外边吵嚷不休的缘故，早早便已回房就寝的中村和古川终于从床上爬了起来。两人都穿着一身睡衣，外边披着件运动衫。

“出什么事了吗？”

中村搔着头，嗫嚅着向芝浦问道。他之所以会选择找芝浦询问，估计是因为众人中只有芝浦的脸色还镇定一些。除了芝浦以外，每个人的脸都僵硬地紧绷着。

芝浦扭头看了看周围，推了推脸上的圆框眼镜，低声说："发生事故了。"

"事故？交通事故吗？"

中村也跟着压低了嗓门。一听到"事故"就联想到交通事故上，大概也是受都市生活影响。

芝浦摇头说："坠崖事故。大木从旅馆背后的山崖上摔下去了。"

"大木吗？"

中村和古川对望了一眼。在菜穗子看来，他们俩是在为这种时候该摆出怎样的表情来而感到困惑。古川向芝浦问道。

"那现在外边都在搞些什么？"

"不清楚……"

留在屋里的众人中没有一个清楚。或许是觉察到气氛有些不对劲的缘故，之后两人便再没问什么，到角落的长椅上坐下了。整个旅馆里的气氛都很凝重，看他们的样子，似乎正希望自己能够尽快融入到众人中来。

过了将近一个小时之后，经理推开入口的大门，走了进来。他的身后跟着几名男子，其中的几个由高濑带着进了房间，剩下的两个则和经理一起留在了大厅里。两人之中，一个是身材矮胖的中年男子，脸色就像是喝过酒一样红，而另一个则梳了中分发型，是个身材魁梧的年轻人。在菜穗子看来，两人都是一脸的凶相。

"你们之前就是在这里开派对的吧？"

矮胖男子把手插在裤兜里，开口询问道。他的嗓音竟然如此高亢，这一点完全出乎菜穗子的预料。经理把两手抱在胸前，点了点头。

“是的。”

“派对是从几点钟开始的?”

“六点左右。”

“都有哪些人参加?”

“在这里的每一个人。”

矮胖男子嘟起下唇，轻轻晃动了一下食指。之后他又竖起拇指，指了指门外：“这里的所有人和大木……是吧?”

经理眨了眨眼，连连点头。

“对，还有大木。”

“回答问题的时候，麻烦你说得准确点儿。”

“对不起。”

经理露出一副不耐烦的表情。估计从刚才起他就一直都在忍受着对方的这种态度。

“大木是什么时候离开这里的?”

经理并没有直接回答问题，而是看了看众人。当他的目光与久留美的目光相交时，只听久留美开口回答道：

“大概是在七点半左右。”

说完，她扭头看了看菜穗子，似乎是在找菜穗子确认。菜穗子记得当时的时间与她所说的大致相同，于是便点了点头。

“当时他说他要出去干吗没有?”

矮胖男子的目光在久留美和菜穗子两人脸上来回移动。

“说是要出去醒醒酒。”

久留美回答。

“唔，当时他醉得很厉害吗?”

“这我就不清楚了……”久留美看了看菜穗子，“当时他喝醉没有?”

“我看倒也不是醉得很厉害。”

菜穗子斩钉截铁地说。当时大木的脸上并没有显露出醉相，相反，他的目光很冷峻。

“那就是说，当时他只是略微带着一丝醉意，说是要出门去冷静一下?”

“差不多吧……”

也只能这么回答了。

“当时大木是一个人出去的吗?”

经理回答了这问题：“应该是的。”

“那么，在大木出门去之后，是否有人曾离开过旅馆呢?”

这问题是向大厅里的所有人提的。众人都没有扭头，只是用目光向他人寻求着意思，却没有任何人站出来。

经理打破了沉默。

“从八点前后起，大伙儿就开始玩起了棋牌……所以应该是没人出去过才对。”

之后，经理又详细地讲述了一下哪些人玩的什么棋和牌。对于中村和古川在八点半左右回房以及菜穗子二人一直在看久留美与医生太太下棋的事也讲述得很准确。

“原来如此。”

矮胖男子用手摩擦着下颚，看样子他对经理所说的话似乎兴趣不大。他与身旁的年轻刑警交头接耳地说了几句，冲经理挥了下手，之后便走出了旅馆。

“大木是从哪儿摔下去的?”

等刑警的身影从眼前消失之后，真琴便连忙开口问道。众人的目光全都聚集到了经理身上。

“似乎是从石桥上摔下去的。”经理投向真琴的目光中带着一丝疲倦，“也不知他好端端的干吗要上那地方去……”

“那座桥果然很危险啊。”江波畏畏缩缩地说，“这是那地方第二次有人摔下去了吧？最好还是把它给拆了吧。”

“话说回来，接下来他们还要干些啥？经理。他们打算把我们在这里关到啥时候?”

大厨问道。与其说这问题是为了他自己，倒不如说是替住客们提的。正因为如此，经理才没有冲着他而是看了看大厅里的每一个人。

“不能再给众位添麻烦了。请众位就按照之前的旅行计划活动吧。拜托了。”

说完，经理深深地低下了头。其实这事本不该由他来低头道歉的……

菜穗子和真琴回到房间时，架子上的座钟已经指向了十二点。旅馆外暂时恢复了宁静，巡逻车也几乎全都撤走了。旅馆的住客们全都回到了各自的房间，估计这会儿刚松下一口气。

一进屋，两人便扑向了各自的床铺。两人都累得什么也不想说，周围静得只能听到彼此的呼吸声。

“你怎么想?”

这是真琴开口说的第一句话。

“什么怎么想的?”菜穗子问。

“还用说吗?”真琴稍稍歇了口气，“你觉得这真是一场事故?”

菜穗子扭头看了看真琴。真琴头枕着胳膊，两眼盯着天花板。她的呼吸声有些粗重。

“如果不是事故的话，又会是什么?”

“不清楚。除此之外，还有什么可能?”

“比方说……自杀?”

菜穗子故意说出了与自己的猜测完全相反的话。也不知是早就看穿了她心里的想法还是从一开始就没把这想法当回事，真琴沉默不语。

“那……是他杀?”

菜穗子偷偷瞥了一眼真琴的表情。但真琴的脸上却看不出任何的情感，只是眨了两三下眼。

“当时旅馆的人全都在大厅里啊。”

“是啊。”菜穗子把身子转朝向了真琴，“所以说，这事不可能是他杀。”

“不对，不是所有人。当时中村和古川两人已经先回房了。如果之后从后门之类的地方溜出旅馆……也不能排除这种可能性。”

“你的意思是说，是他们俩杀害了大木?”

“我只是说有这种可能罢了。目前我们对整件事还一无所知。”

“也有可能是场意外啊?”

“当然有可能。只不过从大木给人的印象来看，总觉得不大可能会是事故或者自杀。”

对于这一点，菜穗子深有同感。就大木给人的印象来看，他的运动神经应该是比较敏锐的。如果说他是因为醉酒而失足摔下山崖，总会让人感觉有些难以置信。此外，从他临死前的言行来看，说是自杀似乎也有些离谱。

“是我多虑了吗?”

真琴说。菜穗子在心里说了句“或许吧”。但这一切与去年公一的死又有什么差别呢?

“睡吧。”真琴爬起身来，中止了思考，“一切等明天再说吧。”

2

翌日清晨，当高濑来通知早餐已经准备好的时候，两人一把把他拽进了屋，向他询问起了昨夜的情况。与其说是询问，两人的语气更像是在盘问。

“尸体是经理发现的。”

高濑从发现尸体时的状况开始讲述起来。

“当时我们四处寻找，都没能找到大木，后来转念一想，就下山崖去看了看。因为之前我们想，如果是从那座桥上摔下去的话，大致就会在崖边。沿着崖边走了一段之后，经理率先嚷了起来。之后我也立刻看到了。”

从他那句“看到”之中，两人便已隐隐推测到了尸体当时的惨状。或许是当时那副光景深深地烙在眼底的缘故，一边讲述，高濑一边摩擦着自己的面颊。

“当时他身上的衣着呢?”真琴问，“是否和他在大厅里时一样?”

高濑双眉紧锁，侧眼盯着半空中，喃喃地说了句：“应该是一样的吧。”但随后他又抬起头来，就像是回忆起了什么来似的说，“不，和在大厅里时稍有不同。”

“稍有不同？怎么个不同法儿?”

“尸体穿着上衣。”高濑说，“在大厅里时，他下身一条宽松的长裤，上身是件毛衣，但尸体却在毛衣外边套了件戈尔特斯牌的外衣。虽然当时我只瞥见了一眼，但绝对错不了。”

菜穗子回想起大木出门去时的情形。当时他身上的衣着……对，那时候他的确没有披外衣就出门了。

听菜穗子说过之后，真琴抱着双臂沉吟了起来。

“如此说来，大木是在哪儿披上那件外衣的呢？如果菜穗子和高濑没有记错的话，那就应该是他事先便已经把那件外衣藏到了屋外，出门后再披上的。”

“他为什么要这么做呢?”

“大概是想要到什么地方去吧。”高濑不假思索地插口说道，之后他又挠了挠头，“我随口乱蒙的罢了。”

“哪有。”真琴摆了摆手，“这想法挺不错的。但问题就在于……他当时准备上哪儿去呢?”

菜穗子一时间也想不出个所以然来，于是便提出了另外的一个问题来。

“那，警方目前的判断又如何呢?”

高濑盯着自己交叉在桌上的手指说：“他们倒也没有明确地表述过自己的见解，不过从他们说话的口气上来看，他们大概是打算以酒后坠崖来结案……昨晚天色昏暗，无法展开详细的调查，估计他们是准备今天再调查一下，就拿出结论来吧。”

“事故啊……”

听过高濑的话，真琴略显失望地叹了口气，之后便把目光投向了菜穗子。然而对于这次的事，就连菜穗子自己也尚未得出任何明确的观点来。

“你们两位对去年发生的那事抱有疑问，或许会认为这次的事故与去年的事之间存在什么关联。但这次的事，却不存在他杀的可能性。”

或许是对真琴说的话有些在意，高濑的表情显得很认真。真琴一脸冷淡地问了句“为什么”。

“因为在大木坠崖的时候，旅馆里的人全都在大厅里。哪有人能在相隔如此远的距离下把人推落山崖呢?”

“坠崖的时候? 死亡推定时刻已经查明了吗?”

这句菜穗子一直没有说出的话，真琴却说得就跟日常对话一样轻巧。高濑点了点头。

“准确地说，是大木坠崖的时候，因为听说他似乎是当场死亡的，所以我想，就算说成是死亡推定时刻也没什么太大的问题。大木坠崖时手上戴着表，由于跌落时的震动而停止了走动。手表上指向着七点四十五分的时候，所以估计他就是在那个时候坠崖的。”

“七点四十五分……”

真琴轻轻地闭上了眼睛，脑海中回想起了昨天夜里的情景。“当时所有人都在大厅里啊。”

中村和古川的确要比其他人早回房，但那也是八点三十分的事了。也就是说，七点四十五分时，他们两人也有着不在场证明。

“那，当时有没有谁曾暂时离开过呢?”

“连起来去上个厕所也算吗？嗯，这可就不清楚了。可是要从玄关出去是不可能的，大伙儿都看着呢。”

“可以从房间的窗户出去啊？或许从厕所的窗户也能出去。”

“原来如此。从窗户里出去啊?”

“我觉得不大可能。”就在真琴准备对菜穗子表示赞同的时候，高濑插嘴说道，“如果是这样，长的话估计也就几分钟的时间吧？在如此短暂的时间里，是否能够顺利地把人给杀掉呢?毕竟对方可是身材魁梧，感觉就跟运动员似的大木啊。就算凶手是通过什么特殊的方法做到这一点，凶手也必须立刻赶回大厅里，若无其事地与众人再次开始下棋打牌。刚刚杀了人的人，是否能够立刻就融入到身边的众人中去呢？我倒觉得凶手当时肯定会给人某种异样感觉，而身边的众人也一定会有所觉察。”

说完之后，高濑望着两人问道：“我这样说，是否有违科学呢?”

“没有。”真琴回答，“我觉得你的见解客观科学，很有说服力。”

菜穗子也持相同意见。

见两人闭口不言，高濑略显犹豫地站起身来说：“差不多了吧？早餐时间已经到了。”

“嗯，谢谢你。”

菜穗子连忙道了声谢。真琴也轻轻低了下头。

“想得太多也不是件好事哦。”高濑挤出一副稍显紧张的笑容，开门走出了房间。

吃过早餐，菜穗子和真琴坐在大厅里看报时，警方的人来到了旅馆外。昨天的那个矮胖男子再次把经理叫到了身旁，这样那样地询问了一通。尽管两人是在柜台边上交谈的，但对话的声音却还是断断续续地传到了菜穗子的耳中。谈话中，两人似乎还提到了“住宿者名册”。

“情况不妙啊。”真琴在菜穗子耳畔低声说，“他们似乎打算把客人的身份全都调查一遍。如此一来，你用假名的事可能就会暴露了。”

菜穗子本来姓“原”，但为了不让其他人知道她与哥哥公一之间的关系，所以在住宿时，她故意用了“原田”这么个假造的姓氏。

“最后果然还是瞒不住啊？”

“那是当然。估计警方会对大木生前与其他客人之间的利害关系以及是否存在有怨恨情绪展开调查。在他们证明并不存在这样的事实之后，或许就会正式提出本案纯粹只是一场事故的结论来。就跟菜穗子你哥哥自杀的那件案子一样。”

听人说，当时哥哥那件案子的搜查程序也是如此。

“麻烦了。现在怎么办？”

“抵死不认也不行，只能随机应变了。不过我们还得先找高濑谈谈。”

真琴把手里的杂志放回书架，那样子感觉就像是根本没把刑警放在眼里似的，从警方的人身后走过柜台，向走廊而去。这个时候，高濑应该在打扫浴室和厕所。

过了大约十分钟，真琴回来了。她脸上的表情和去厕所时没有半点差别，顺手从书架上抽出刚才的那本杂志，在菜穗子身旁坐了下来。翻开杂志后，真琴两眼盯着黑白两色的卷首插图，小声地冲菜穗子说："我和他谈过了。"

"有关真实身份的情况，向警方坦白好了。反正这事也是瞒不住的。而至于我们到这里来的理由，就说是想来看看菜穗子你哥哥死的地方。之所以要用假名，则是为了不让其他人有太多的想法。"

"谢谢你，帮了我这么多的忙。"

尽管说话的时候两眼盯着书本，而脸上也看不出半点的表情来，但菜穗子是打心底里在对真琴表示着谢意。要是没有她在身边，或许自己根本没法处理眼下的这种情况。

"关键还得看之后的发展。"

真琴的语气颇为严厉。

身穿制服的警察进屋来叫走了那个矮胖男子。大概过了三十分钟之后，刑警再次走了进来，站到与昨晚同样的位置上大声说道："麻烦大伙儿都来一下。"这种与昨晚听到的没有半点差别的高亢嗓门让菜穗子不禁头皮发麻。

"请大伙儿稍微配合一下。"

矮胖男子的吼声不仅大厅，甚至整个旅馆都能听到。菜穗子心想，他这样大吼，或许是想把各个房间里的人都给叫出来。除了菜穗子和真琴之外，这时候在大厅里的只有芝浦夫妻和江波三个人。医生两口子一大清早就出门散步去了，而中村和古川也把事故的事抛到了脑后出门滑雪去了。而上条则很少见地行踪不明。

矮胖男子的吼声多少还是起了那么一点作用，大厨和久留美从厨房里现身，高濑则沿着走廊跑到了大厅里。

见所有人的目光都集中到了自己身上，刑警满意地点了点头，冲着身后那名身穿制服的刑警使了个眼色。穿制服的刑警让矮胖男子抢了风头，好不容易才找到显威风的机会，大摇大摆地往前一站。

“很快就会结束了。”

刑警的语调有些故意卖关子，不停地搓着双手。菜穗子的脑海中浮现出了历史上的名侦探波洛，但眼前这名刑警与那位名侦探的形象却相去甚远。之所以会联想到波洛，主要还是因为菜穗子曾在电影里看到过这样的场面。

过了一会儿，刚才那名身穿制服的警察拿来了一块脏兮兮的板子。板子的长度大约有一米左右，其中的一端就像是被职业摔跤手折过一样卷起了毛边。矮胖男子接过那块板子，卷毛边的一头朝上，竖在自己的身旁。之后他沉默了一阵，看了看众人的反应。看到众人一脸不安又饶有兴趣地盯着那块板子，矮胖男子的脸上露出了满意的表情。他单手握拳，把拳心凑到嘴边故意干咳了一声。

“这里有没有哪位曾经见到过这块板子?”

只听椅子啪的一声倒在地上。似乎是芝浦在探出身去的时候不留神踢倒的。众人的目光一下子全都聚集到了他的身上，搞得他忙不迭地连连低头道歉。

“这是什么?”江波开口问道，“感觉似乎是啥东西的碎片啊?”

刑警冲着他微微一笑，回答道：“不清楚。所以我们才找大伙儿询问。”

“这东西是在哪儿发现的？”

芝浦略带口吃地问道。刑警的措辞很稳当，然而语气颇为冷淡：“请先回答我们提出的问题。”

“可以凑近看看吗？”

真琴说。

刑警看了一眼真琴，脸色铁青了一两秒，之后又立刻变回了一副大大咧咧的笑容来。

“看来这问题必须得作答啊。请吧，到旁边来仔细看看吧。”

真琴站起身来，轻轻拍了拍菜穗子的后背。她那意思似乎是让菜穗子和她一起过去。虽然周围的气氛让人觉得有些难堪，但两人还是缓步走到了前边。

自从穿制服的警察拿着板子进屋起，菜穗子便已经感到有些震撼了。因为这块板子和昨天早晨真琴在石桥那里发现的那块很相似。一眼看上去，不同的地方只是长度——昨天看到的那块长度约莫有两米——但因为现在这块似乎被折断过，所以长度不同也不是什么太大的问题。

可是——

走上前去之后，菜穗子立刻便发现板子并非昨天的那块。尽管菜穗子自己记得也不是很清楚，但昨天的那块看上去的感觉要新一些。而此刻眼前的这块却已是朽坏不已，仔细一看，中间折断的部分已被虫子蛀空，很容易便能折断。

真琴似乎也已看出眼前这板子并非昨天的那块，默默地冲着刑警摇了摇头。

“没见过吗？”

“很抱歉。”

见刑警的目光投向了自己，菜穗子也跟着摇了摇头。然而刑警并没有表现出丝毫的失望，而是再次将目光投向众人，问道：“其他人见过吗？”

芝浦夫妇和江波都一言不发，困惑的目光在刑警的脸和板子之间来回游弋。过了一阵，矮胖男子放弃了询问，把经理叫了过去。

“看来你说的没错。”

“我可没有撒谎。”

经理的情绪似乎有些焦躁。

矮胖男子把板子递给穿制服的警察，冲他使个眼色，两人一起走了出去。看那样子，就像是没有收获就不必道谢似的。

两人的身影刚一消失，江波便迫不及待地走到经理所在的柜台旁。

“那块破板子到底是啥啊？”

经理在一瞬间露出了不快的表情，可当他发现除了江波之外，所有客人的目光都聚集在自己身上之后，才迫不得已似的开口说道。

“那板子就落在大木的身旁，是在今早发现的。”

“那东西跟大木的死因有什么关联吗？”

真琴也站起身来询问道。

“那块板子已经断裂开了，而警方同时发现了断开的另一半。另一半上留有鞋印，经调查，鞋印与大木死时穿的便鞋完全一致。”

“那就是说……”

“对。”经理一脸不快地冲真琴点了点头。

“当时大木君把那块板子搭在桥上，打算踩着那板子过桥。可那板子就像刚才大伙儿看到的那样，早已腐朽不堪，人一踩上去，立刻就断开来……就是这么一回事了。”

“他干吗要做这么危险的事？”

芝浦佐纪子喃喃说道。当她发现众人的目光都因为方才那句话而聚集到了自己身上之后，就跟干了什么亏心事似的立刻低下了头。

“的确很危险。”经理低沉的嗓音在大厅中不停地回响，“就是因为不明白才找大伙儿询问的……警方推测旅馆里的人估计时常会用这种办法来过桥，所以他们才会向大伙儿确认，问大伙儿是否曾见过那块板子。我已经告诉他们说没这回事了。”

回想起经理与刑警之间的交谈，菜穗子终于明白了事情的经过。

“刚才那块板子，”站在经理身后的大厨偏着脑袋说，“不会是咱们以前扔掉的那些木材里的吧？经理。”

“或许吧。”

经理似乎早已想到了这一点。之后，他冲着那些尚自还在对方才大厨的话感到不解的客人们解释说：“旅馆里的很多东西都是手工制作的，杂物间里贮藏了不少木材，因为木材长了虫，所以我们就把它们扔到了山谷里。已经是一年前的事了。当时大木大概是从那些木材里找了一块，打算用它来过桥。”

“这事你告诉过警方没有？”

听到真琴的问题，经理回答了一句“说过”。

问题问完后，客人们全都不知所措地呆立在原地，整个大厅里的气氛沉闷得令人抓狂。所有人似乎都在犹豫，不知道在这种时候自己都该做些什么。

“总而言之，”经理稍稍提高了些嗓门，他这样做的目的或许是想让沉重的气氛有所缓和，但在菜穗子他们听来，他的声音却是如此奇怪，“这是我们最后一次给各位添麻烦了。昨天我也说过，请各位仍旧优先考虑各自的旅行计划。重复一遍，我们这边不会再给各位添麻烦了。”

听真琴说要出去一下，菜穗子还以为她是要去散散步，结果真琴却理所当然似的拐到了旅馆的背后。虽然旅馆后边煞有介事地拉起了警戒线，还留了几名警察看守，可当两人走近之后，警察只是瞥了她们一眼，却并没有向她们发出警告。菜穗子心想，在他们的心里，或许早已把这事认定作了事故。

真琴似乎是想到桥边去一趟。尽管警方拉起了警戒线，无法靠近，但她还是探出身子去张望了一通。之后真琴用手背使劲儿擦了下嘴角，把嗓门压得低到只有身边的菜穗子才能听到的程度，说道：“果然不见了。”

“不见了？什么不见了？”

“昨天的那块木板。”

“啊。”菜穗子不禁惊叫了一声，惹得一旁的警察回头瞟了她们一眼。

“回屋去吧。”

真琴用力拽住了菜穗子的手腕。

回到屋里，真琴确认过走廊上再没任何人之后关上了门。菜穗子感觉有些紧张，却搞不明白真琴为何会如此慎重。

“大木果然是被人杀掉的。”

真琴在菜穗子对面的椅子上坐下，用宣告般的口吻说道。

“昨天我们在石桥下发现的那块木板不见了，而警方却在大木的尸体旁发现了一块与那木板颇为相似的朽烂木板。你明白这意味着什么吗？”

菜穗子不明所以地摇了摇头。真琴在桌上交叉起两手的手指，说道：“那我来换个问法好了。之前说过，当时大木是打算用那块朽烂的木板过桥，由此，就会产生出两个疑问来。其一，他为什么要过桥；其二，为什么他要用那块朽烂的木板过桥。现在我们先来说说第二个问题。他为什么要用那块朽烂的木板呢？”

“这个嘛……估计是因为他并不知道那木板已经朽烂了吧？我自己也不是很清楚，不过光从外观来看的话，的确很难看出那板子已经朽烂。”

说完之后，菜穗子又补充了一句“而且当时还是在夜里”。因为从外观上难以判断，而且周围光线昏暗，所以就没有发现木板已经朽烂——尽管这不过只是临时想到的，但菜穗子对自己的想法颇为满意。没错，事情肯定是这样的。

然而真琴的话另有深意：“光从结果上来看的话，的确是这样的。”

“光从结果来看？”

“没人会故意用已经朽烂的板子过桥，所以你说他当时没有察觉到木板朽烂这一点是正确的。可既然是要从那么高的地方走过，一般情况下应该是会更加慎重一些才对。比方说，大木应该会事先仔细察看一下木板是否已经朽烂，还能不能撑得住他的体重之类的。”

“这个嘛……也对。”

换作是自己的话，或许还会更慎重一些。菜穗子心想。

“这是理所当然的事，可大木当时没有这么做。其原因何在？我觉得是因为大木早就已经确认过，认定那块木板不会有啥问题。”

“他为何会如此认定呢？”

“回想一下昨天我们在桥下发现的那块木板吧。那块木板不光很新，从厚度和宽度上来看，应该是能支撑得住一个人的体重的。”

菜穗子终于渐渐明白真琴的话了。与此同时，她也感到心痒难耐，让她坐立不安。

“大木当时把那块崭新的木板藏到了桥下，但后来他又把它和那块朽烂的木板弄混了……你是想这么说吗？”

真琴重重地点了点头。

“如此一来，我们就得问，他为何会犯下如此严重的错误呢？其实答案很简单，那就是：当时他藏下的那块木板，在夜里却变成了另一块。”

“你是说，有人偷偷调换了木板？”

“只有这种可能了。”

尽管真琴已经尽量压抑自己的感情，言辞中却依旧有种震撼人心的沉重感。

“他杀……”

菜穗子开始思考起这个词的真意来。这个词当中，隐藏着一种让她牵肠挂肚的魔力。

“谜团不仅这一个。大木为什么要过桥？为什么要在派对还没结束时就去？凶手又为何会猜到他的行动？这些问题眼下还都没有解开。”

“他到桥对面去似乎有什么事。”

“而且还不能让其他人看到……”

菜穗子的脑海里浮现出了前两天夜里发生的事。当她无法入眠地跑到大厅里去喝水的时候，她听到了有人从外边回来的响动。而在她回到屋里后，隔壁又传来了大木回房的声音。

“那天夜里，大木是不是也到桥对面去了呢？”

“我想恐怕是的。”

菜穗子突然间说出了自己的猜测，而真琴似乎早已看穿了她的心思。

“而且还是用那块结实的木板过的桥。”

“石桥的对面……”

究竟有什么？

不等菜穗子的心情完全平静下来，门外便响起了敲门声。她打开门看到是高濑。看到菜穗子兴奋的表情，门外的高濑问了句：“出什么事了吗？”

菜穗子摸了摸自己的脸颊，说道：“没什么。你有事吗？”

“嗯，说来倒也有些扫兴……之前经理跑去和警察说让他们别再给客人们添麻烦了……”

之后高濑就像个为自己的恶作剧找借口的孩子一样，声音越来越小。

“怎么回事？”

“村政警部说，要找所有的住客打听情况。还说很快就会结束……刚才他们已经找芝浦夫妇问过了。”

他说的“村政警部”似乎就是那个矮胖男子。

“接下来轮到我们？”

“来得正好。”只听身后传来了真琴的说话声，“我们就去陪他们聊聊好了。说不定还能打听到些情报呢。”

“说得也是。他们在哪儿?”

“大厅最靠里的那张桌子旁。”

“我们这就过去。”

高濑轻轻抬起右手来，说道：“还有，我已经把菜穗子小姐和公一先生之间的关系告诉他们了。因为之前你们说过，让我把这事告诉他们。”

“是吗……”

不知警方还有多少人记得这件一年前的案子。这里人烟稀少，估计他们应该是不会忘记的。得知死者的妹妹跑来祭奠哥哥，警方又会有何反应？对方若是表现出浓厚的兴趣来的话，自然会让人觉得不快；可要是表现得漠不关心的话，却也会让人感到心有不甘。

“我知道了。谢谢你。”

向高濑道了声谢之后，菜穗子关上了房门。

“现在的问题在于，是否要把木板的事告诉警察?”

真琴坐在桌旁，双手托腮地说道。菜穗子在她对面坐下身来。

“警察也不是吃素的，迟早会看出这是桩凶杀案。只不过估计他们还得花上点儿时间才会明白过来，所以我们还能再自己做些调查。”

“的确如此。如果警方动了真格的，那我们就无法自由行动了啊。”

真琴猛地一拍桌子，像是要对这事做个了结一样：“好，暂时先不告诉他们。等到我们自己应付不过来再和他们说。就这么定了。”

菜穗子像是在确认自己的想法一样，重重地点了点头。

3

正如高濑所说的，身材矮胖、看上去就像是喝了酒一样满面通红的村政警部，和那名年轻魁梧的刑警并肩坐在大厅角落里的桌旁。其他的桌旁看不到半个人影。除此之外，整个大厅里只有经理和往常一样一脸不快地在柜台后边擦拭着酒具。从他那小心翼翼的动作之中，菜穗子仿佛看到了经理面对刑警时的那种态度。

看到菜穗子她们的身影，两名刑警连忙站起身来，用稍显夸张的动作向她们打了个招呼。

“真是抱歉，耽误了你们宝贵的旅行时间。”

尖锐的嗓音震得鼓膜有些发麻，菜穗子的脸上露出了不悦的表情。然而矮胖男子却毫不在意。

真琴在村政的面前坐下了身，而菜穗子则坐到了真琴的身旁。这样的位置是她们两人商讨过由谁来回答对方问题之后得出的结论。两名刑警面前的桌上各放着一杯水，年轻刑警的那杯几乎一口未动，而村政的那杯却只剩下了三分之一。

“泽村真琴小姐和原田菜穗子……不对，应该是原菜穗子小姐吧?”

村政似乎是故意把名字说错的。他这么做的目的似乎是想讽刺一下使用假名字的菜穗子，幸好菜穗子对他这一手早已做好了心理准备。

“听说您是去年去世的那位原公一先生的妹妹？”

村政稍稍躬起背来，窥伺着菜穗子脸上的表情。菜穗子轻轻点了点头。

“您到这里来的目的，和去年的那件事有关吗？”

事情的前后经过高濑早已告诉过他们，可村政明知故问。菜穗子稍稍调整了一下呼吸，把之前和真琴商议好的话告诉了他。照菜穗子的话来说，她只是希望到去年哥哥死去的这家旅馆来看看。而之所以会使用假名字，也是因为不想给其他的客人造成心理负担。两名刑警听她讲述时一直盯着她的嘴角，但听完之后，并没有表现出丝毫的怀疑，仅仅只是用那种听不出半点同情的口吻说了句：“嗯，您的心情倒也并非完全不能理解。”

“大木是否也不知道您就是原公一先生的妹妹？”

“应该是的。”

菜穗子记得，之前自己并没有在大木面前提起过去年的事。她甚至还在后悔，在他死之前自己为何连一句话都没问过他。

“据说最后一个与大木交谈的人就是您，那么请问你们当时都聊了些什么呢？”

“最后一个？”

话已出口，菜穗子才回想起了派对上的情形。

“当时他约我东京再会，还说之后要找我问联系方式。”

刑警对大木邀约菜穗子的事似乎很感兴趣，探出身子来问道：“哦？那您当时是怎么回答的呢？”

“我当时答应了他。”

“原来如此。那大木他可真是死得不值啊。”

村政开心地咧开了嘴，身旁的年轻刑警也跟着笑了起来。或许之前村政已经交待过他，这种时候，就算不好笑也得笑。但菜穗子却一点儿也笑不出来。

“之前你们有没有交谈过?”

“前天夜里吃晚餐的时候稍微聊过两句。那是我和他第一次说话。”

“是谁先开口的呢?”

“当时是大木主动找我攀谈的。”

菜穗子的言下之意，是想告诉刑警自己是不可能会主动找大木说话，然而刑警对此浑然不觉。

“当时你们都聊了什么呢?”

“都是些无关紧要的事。”

菜穗子把大木问她会不会打网球的事告诉了刑警。当时大木那种自信过剩的目光再次在菜穗子的脑海里浮现了出来 。

“看来大木从第一眼见到你时，似乎就已经开始对你有意了啊。嗯，面对这样的一位美女，又有几个男人能不动心呢?”

刑警的眼中充满了笑意。菜穗子故意一脸不快地说了句“谁知道”。

“不过听您刚才说，大木当时还打算回东京去，是吧?”

村政轻描淡写地问道。菜穗子却觉得对方的言下之意是在暗示大木自杀的可能性不大。

其后，刑警提问的矛头便转向了真琴，提的问题大致也和之前问菜穗子的相同。只不过真琴几乎没和大木怎么聊过，所以刑警也只是例行公事似的随口问了一下。

“您觉得大木他是个怎样的人呢?”

最后，刑警提了这样一个问题。真琴当即回答道：“是个短命的人。”

刑警对她的回答似乎很满意。

“耽误了两位这么久，真是抱歉。我们已经问完了。”

村政喝了一口杯里的水，低头说道。真琴起身准备离开，可菜穗子的心中却依旧难以释然，开口问道。

“请问，这事和我哥哥那件案子之间是否存在什么关联呢?”

身旁的真琴一脸惊愕地望着菜穗子，而面前的两名刑警似乎比真琴更加吃惊。村政手里握着杯子，年轻刑警则握着笔，两个全都怔怔地盯着菜穗子的脸看了数秒。之后，村政的表情终于渐渐地缓和了下来。

“您这话是什么意思?”

“我说了……你们有没有调查过……这事和去年那件案子之间是否存在什么联系?”

说句实在话，其实菜穗子一直在等对方提出这类问题来。在她的内心之中，早已对刑警淡忘了哥哥的案子感到不满。

半晌，村政似乎才回过神来，冲着她连连点头。

“您有什么证据可以证明两件案子之间存在着关联?”

“不，这个……”

菜穗子手中没有任何的证据。眼下，她手里的牌只有坚信公一不是自杀的和确信大木是被人杀害的这两张。而且有关大木的这一张，之前她已经和真琴商量好，暂时还不要把它给拿出来。

见对方不知该如何作答，村政的脸上露出了放心的表情。随后，他一脸理解地说：“一连两年都遇上这种不幸的事，我们也能理解您觉得两件案子之间存在关联的心情。然而这样的巧合常有发生。估计过不了多久，外边还会传说这家旅馆被死神盯上了呢。”

矮胖男子似乎对自己说的笑话颇为满意，肆无忌惮地笑了起来。年轻刑警也照例跟着赔笑。然而菜穗子的胸膛里却涌起了一股滚热的怒火。等她有所觉察之时，那股滚烫的怒火已从她的口中迸发了出来。

“就是因为你们这些警察成天这副样子，所以才会接二连三地死人!”

菜穗子再也管不住自己的嘴，一股热血正以飞快的速度涌向脑门。然而此刻的她，已再无法管束住自己的身体。

村政连眼睛都不眨一下地盯着菜穗子的脸，表情比刚才还要惊愕。他的眼睛开始充血，目光也变得凶狠起来。而菜穗子并未表现出半点的畏惧。女孩和矮胖男子之间的气氛骤然间变得紧迫，两人相互瞪视着对方。

刑警深呼吸了一口，冷静了一下自己的情绪。

“这话我可不能就这样充耳不闻啊。”

刑警的声音听起来比之前要低沉许多。

“您的意思是说，大木是被人杀掉的？除此之外，去年您哥哥的那件案子也并非是自杀?”

后悔与一不做二不休的心情轮流支配着菜穗子的内心。自己刚才才和真琴约好过一阵子再向警方透露情报。自我厌恶的心情也在不绝地向她袭来。

“既然菜穗子你已经下定决心，那也没办法。”

真琴也像是彻底放弃了一样，重新坐回到了椅子上。之后，她正视着刑警说道：

“大木他并非是死于事故，而是被杀死的。”

“真琴……”

见到菜穗子一脸愧疚地抬头望着自己，真琴冲她挤了挤眼睛，说道：“与其在背后搞小动作，还不如干脆彻底说出来算了。”

村政一时间似乎不知该说些什么才好，只能任由着目光不安定地在她们两人的脸上徘徊。

“你们是说……你们知道些什么吗?”

“对。”真琴接着说道，“大木是让人杀掉的。”

“可昨晚你们说，除了大木自己之外，再没人出门去的……莫非这话也是在撒谎吗?”

之前的那些敬语一时间全都消失不见，村政此时的狼狈可见一斑。真琴摇了摇头。

“不，那话并不是撒谎，而是凶手用了一招巧妙的手法。”

随后，真琴把刚才在房间里对菜穗子说的话给重复了一遍。面对如此口齿伶俐、思路清晰的一番讲述，刑警只剩下侧耳聆听的份儿。“刚才所说的，就是我们认定大木是被人杀害的证据及其杀人手段。你对此还有什么疑问吗?”

村政微微睁大了眼睛，好不容易才开口挤出了一句话。

“原来如此，之前被害者在桥下藏了一块用来过桥的木板，结果却让凶手给换成了一块朽烂的板子啊。嗯，的确可以用这样的办法……”他扭头冲着身旁的部下飞快地点了几个人的名字，下令让那些人立刻赶到这里来。事态的突变虽然让年轻刑警感到有些不知所措，但他还是连忙走出了大厅。目送着他的背影离开后，村政扭过头来望着菜穗子她们，脸上的表情也变回了方才那副中年男子特有的狡猾模样。

“这些事本希望你们能更早些告诉我们的，但毕竟你们也告诉了我不少的情况，这事我也就既往不咎了。你们的意思是，既然这次的案件是场凶杀案，那么去年那件案子，其实也是一场伪装成自杀的凶杀案?”

“可能性很大。”菜穗子在措辞中留了几分余地。

“但如此一来的话，杀害你哥哥和大木的凶手就是同一个人了。他们两人之间是否存在什么共同点呢?”

“这个嘛……”

见菜穗子不知该说些什么，村政并没有乘胜追击，而是改口说道：“嗯，这些事本来也是该由我们调查的啊。”

“这里两年前也曾经死过人。”

真琴突然说道。村政忽然屏住呼吸，过了好一阵子才回答了声“嗯”。他屏住呼吸的这一下引起了菜穗子的注意。“也就是说，这里已经三年连续死人了，而且还都是在同一个季节。”

“巧合这东西真是够可怕啊。”

“不，”真琴盯着刑警的脸说，“如果这一切并非巧合，才是最可怕的。”

第五章 “呆头鹅与长腿叔叔”房间

1

由于菜穗子与真琴的证词，警方的搜查方向发生了急转。县警本部派来了机动搜查队和鉴定科人员，对石桥附近的现场重新展开了彻底的搜查。他们拼命要找的东西，就是菜穗子她们前天看到过的那块较新的木板。在他们看来，只要找到了那东西，搜查的进程也就能够获得较大的进展了。

只不过，如此一来的话，他杀的可能性就变得很大了——村政采用了这样的说法——而有关整个案件的经过，警方决定采取暂时先对其他住客保密的方针。警方此举的目的，估计是打算让凶手再继续逍遥法外一段时间，之后再一举揪住凶手的狐狸尾巴。村政也低头拜托了菜穗子她们，恳求她们在这一点上给予协助。

眼见警方的活动变得频繁起来，旅馆里的人全都一脸诧异地望着窗外，但由于警方并未对他们做过什么解释，同时也没有对他们出门滑雪和散步加以禁止，所以众人都觉得“事不关己，高高挂起”才是最为聪明的做法。午餐时，除了菜穗子她们之外，旅馆还剩下芝浦夫妇和医生夫妇四位客人，但是没有一个人提起这件事。也可能是因为害怕提起的缘故。总而言之，众人间谈论得更多的话题反而是“菜穗子居然是公一的妹妹”这件事。

“有关那件案子，我们也有一定的责任。要是我们当时能发现原先生的精神状况有些不大安定的话，或许就不会发生那样的事了。现在说起来，我们都不知该怎样向您道歉才好。”

说着，芝浦不住地低头道歉。而佐纪子也在一旁一脸歉意地低着头。

“没这回事，哥哥他临死前能和大伙儿一同度过一段快乐时光，我已经觉得很满足了。”

菜穗子说道。话里一半是真心，而另一半则是在撒谎。因为杀害哥哥的凶手或许就潜藏在“大伙儿”当中。

“既然如此，那干吗不早说啊？”

久留美端来咖啡，稍稍有些不满地说道。她这样说，或许是因为高濑和她所处的立场相同而知道得却比她早而感到不快。

“就是，居然还瞒着我们，你也太见外了吧？”

医生太太也跟着说道。医生立刻斥责道：“她没告诉我们，自然是不想让我们担心。你也理解一下人家的这番苦心啊。”

“不过话说回来，听说那位原先生居然患有重度的精神抑郁症，我还真是被吓了一跳。当时我们都一点儿没看出来。是吧，医生？”

见芝浦向自己征求意见，医生也点头说道：“这事之前也曾说过的。”

“当时他的健康状况真的很好。原先生不光常常和我们一块儿聊天，而且还时常会到我的房间里来玩。”

“嗯，他也经常会到我们那间屋去。还会喝上一杯茶再走。”

医生太太开口说道。她似乎就是这种没法闭嘴安静上一阵子的性格。

“或许他也到你们那边去过吧，不过常到我们那边。”芝浦说。

“是吗?”

“是的。”

“你就少说两句吧。”

芝浦虽然长了一副好人相，但似乎总喜欢在一些莫名其妙的方面与人较真。听到佐纪子的提醒，他这才猛然回过神来，满脸通红地望着菜穗子说道：“真是抱歉，在你面前丢丑了。”

“没什么。”菜穗子笑着心想，之前的公一并非是一个如此喜欢与人交往的人。当时他主动跑到其他人的房间中去，这其中是否有什么理由呢？如果真的有什么理由，那么眼下能想到的，也就只有那些壁挂了。

“我记得芝浦先生你们应该是住在‘呆头鹅与长腿叔叔’那间吧?”

听菜穗子如此问道，芝浦夫妇俩连连点头。

“方便的话，可以到你们那里去看看吗？听说哥哥他经常去你们二位那里，搞得我也很想去看看了。”

芝浦歇了口气，连声说道：“请，请。两位有空的话请务必光临。房间挺不错的，只不过不是我们自己的家。”

“他们那间和我们那间一样。”

医生太太插嘴说了一句，但医生随后便用肘部轻轻捅了捅她，太太也就再没说什么了。

“那么，我们之后就到您那里去看看吧。”

芝浦之前还在一直瞪着太太，听菜穗子一说，他便立刻换成一副和蔼的面容，点了点头。

起身离席时，菜穗子见真琴飞快地冲自己挤了挤眼，那意思似乎是在说：进展顺利。

“呆头鹅与长腿叔叔”房间就在菜穗子她们住的“矮胖子”那间的右侧隔壁。站在门口，菜穗子与真琴相互点了点头，轻轻敲响了房门。屋里有人应了声“来了”，之后是一阵急促的脚步声，随后房门便打开了。

“两位来得可真是够快的。”

手握着房门的门把，芝浦就像宾馆的服务生一样，动作夸张地向两人行了个礼。之前坐在沙发上的佐纪子也站起了身。

菜穗子走进屋里，一阵木头的香气与刚洗过的床单混合在一起的气味扑鼻而来。真琴在她身后喃喃念道：“感觉和医生夫妇住的那间构造一样啊。”

环顾了一下屋内，菜穗子也点了点头。沙发、家庭吧台、书架，一切都和“伦敦桥与老鹅妈妈”那间一样。

“嗯，就像医生太太所说的那样，不同的地方大概就只有窗外的景色和壁挂上的诗句了吧。好了，两位不必拘束，请坐吧。”

在芝浦的劝说下，两人在沙发上坐了下来。对面就是那块壁挂。

“这是《呆头鹅之歌》吗？”

真琴问道。坐在她们俩对面的芝浦也转过身去看了看壁挂。

“似乎是的。说起来，原公一先生当时也时常会盯着这首歌看呢。”

> 呆头鹅，呆头鹅，
> 现在该去哪儿呢？
> 上了楼，下了楼，
> 太太的房间瞧一瞧。

“失礼了。”

真琴站起身来，高声念出了壁挂背后的诗句。

“呆头鹅，呆头鹅，现在我该去哪儿呢？上了楼，下了楼，太太的房间瞧一瞧……其大意便是如此。真是首让人搞不懂的儿歌。”

“嗯，不过真正的歌却更加让人搞不明白。”

芝浦说。

“真正的歌？这话什么意思？”

听菜穗子问起，芝浦便把在一旁准备点心的佐纪子叫到了身旁。佐纪子用熟练的动作端来红茶和点心之后，向两人解释说：“收录在《鹅妈妈童谣》里的《呆头鹅之歌》的歌词，其实比这首更长一些。”

“这歌词还有第二或者第三段之类的吗？”

菜穗子想起医生太太曾对她们提起过，说是《伦敦桥》和《老鹅妈妈》这两首歌也同样有着下文。然而佐纪子略带羞涩地小声否定了她的理解，说道：“不，不是这意思。”

“《鹅妈妈童谣》里收录的歌里，这首歌的后边接的完全是另外的一首。”

“后边接的是另外一首歌？还有这种事？”

真琴问。

“没错。《鹅妈妈童谣》里的许多歌，似乎都是这样子拼凑出来的。而说到这首《呆头鹅之歌》的后半段在哪儿的话……”

芝浦用滑稽的动作指了指楼上，“二楼的那首《长腿叔叔》似乎就是这首歌的后续。”

“二楼？”真琴问。

“要上楼去看看吗？”佐纪子才刚问完，两人便异口同声地说了句“要”。

二楼的房间与之前医生太太让她们看的那间的构造也几乎完全一样。稍有不同的，就是刚才芝浦提到的窗外的景色了。太太他们那间的窗户面朝南侧，而这间的窗户则面朝西边。

“壁挂就在那里。”

率先走上楼的佐纪子站在房间中央，指了指楼梯对面的那面墙。墙上挂着块菜穗子她们早已见惯的茶褐色壁挂。

“长腿叔叔啊……”

菜穗子和真琴也并肩站到她的身旁，开始念了起来。

“译成日语就是：唱首长腿叔叔之歌吧，长腿叔叔，他却不肯祈祷，抓住他的左脚，摔下楼梯完了……”

念过壁挂背面的词句之后，菜穗子再次与真琴并肩站，从远处看着那些英文词句。

“这首歌就接在《呆头鹅之歌》那首的后边吗？”

菜穗子问佐纪子。

“是的。”佐纪子的声音虽然不大，但口齿清晰，悦耳动听，“就像刚才我所说的那样，《鹅妈妈童谣》里收录的《呆头鹅之歌》，就是用一楼壁挂上写的那首和这首歌结合而成的。但如果说到最原始的《呆头鹅之歌》的话，那就只是一楼壁挂上的那前半部分了。这些事我也是后来才听经理雾原说起的。不过这两首歌的译文却让人有点头痛，因为从没有在哪本书上看到过。”

“结合在一起？只是纯粹地把两首歌串起来吗？”

真琴问。

“大致是吧……请稍等一下。”

佐纪子跑下一楼，拿来一本记事本，当着菜穗子她们的面写了起来。

“先把这两首歌串到一起。”

“嗯，简而言之，就是把《长腿叔叔》里的‘唱首长腿叔叔之歌吧’这句去掉，然后再把它接到《呆头鹅之歌》的后边去吧？”

真琴对比了一下记事本和壁挂上的歌，说道。

“嗯，从这副壁挂上的歌词来看的确如此，不过据说《长腿叔叔》这首歌里原本似乎没有‘唱首长腿叔叔之歌吧’这句，所以你就看成是单纯把两首歌接在一起好了。”

“原来如此。”

真琴听完后连连点头。

“那，《鹅妈妈童谣》里收录的就是刚才你写的这首吗？”

菜穗子指着记事本问。

“不，还要稍稍改变一下。”说着，佐纪子再次写了起来。

“记得《鹅妈妈童谣》里原本收录的是这样的。”

佐纪子轻描淡写地说。在菜穗子看来，比起这首歌本身来，还是佐纪子居然能如此流畅地把这一整段歌词写下来更让人惊讶。真琴的想法似乎也和她一样，只是呆呆地盯着佐纪子端丽的脸庞。看到菜穗子她们俩的反应，芝浦开心地笑了起来。

“我媳妇之前是女子大学英文系毕业的，在这方面还是有点研究的。”

这件事对他来说似乎也是件值得夸耀的事，只见他那双圆框镜片后的小眼睛里闪烁着光芒。

“嗯，但也的确挺厉害的。”真琴惊叹地摇了摇头，“平常哪有人能一下子就这么默写出来的?”

“哪有，真是丢死人了。其实不是这么回事啦。”

佐纪子满面绯红，连连摆手。

“念大学的时候，我曾经学过些有关《鹅妈妈童谣》的东西，其中也包括了这首。后来我们第一次来到这里时，看到壁挂上的歌词后，我总觉得似乎有些不对，回家后调查了一下，所以才会对它有印象。其他的歌，我现在早都忘光光了。”

“去年原公一先生来的时候对这首歌也很感兴趣，当时佐纪子也曾告诉过他这些事。估计她就是在那个时候记下的这首歌，所以才能这样流畅地默写下来。”

听过芝浦的话，佐纪子也说一点儿没错。

“那么这段歌词又该怎样翻译呢?”

菜穗子问道。虽然她自己并非不能翻译这样的歌词，但不同的用词却能把《鹅妈妈童谣》的独特之处不同地体现出来。佐纪子一边把歌词译成日语，一边用娟秀的字迹把译文写了下来：

呆头鹅，呆头鹅，
现在该去哪儿呢？
上了楼，下了楼，
太太的房间瞧一瞧
长腿叔叔，
他却不肯祈祷，
抓住他的左脚，
推下楼梯完了。

“的确像你刚才所说，这下子更加让人摸不着头脑了。”

真琴回到菜穗子身旁，望着佐纪子手里的记事本说道。

佐纪子回答说。

“后半段这首《长腿叔叔》的歌，在大部分的英国传统童谣集中都没有收录过。这本来似乎是一首英国儿童在捉住一种名叫‘人蚊’的虫子后拧下它的长腿时念诵的儿歌，却不知为何，与《呆头鹅之歌》结合到了一起。”

菜穗子想起医生曾经说过，意思不明这一点就是《鹅妈妈童谣》的一大特征。比起整段歌词逻辑的通畅，更加注重旋律和曲调的优美。这两首歌接到一起的理由，或许其实就是这类无谓的原因。除此之外，这样的儿歌似乎更富有弹性，更容易被孩子们接受。

不过话说回来，毫不起眼的佐纪子居然如此博学多才，让菜穗子不禁咂舌惊叹。刚这样一说，佐纪子便害臊地用手捂住脸颊。

“没这回事啦。有关这首《长腿叔叔》的事，我都是听菜穗子你哥哥说的。”

“我哥哥？”

“对。当时原先生他对各房间壁挂上的歌词很感兴趣，后来甚至还跑到镇上去买了本有关《鹅妈妈童谣》的书。他似乎从那本书上学到了不少相关的知识。”

“哥哥他去买了本《鹅妈妈童谣》的书？”

如此一来，公一当时想要解读《鹅妈妈童谣》的暗号这一点就更加确凿无疑了。然而比这一点更加让菜穗子在意的，还是哥哥他曾经买过有关《鹅妈妈童谣》的书这一点。他的遗物中并没有这样的东西。

“原先生他似乎是在调查那段咒语的意思啊。”

芝浦推了推脸上的眼镜，补充道。

“虽然我们自己也不大清楚，不过估计他也受了上条的影响吧。咒语的事，本来大伙儿都挺感兴趣的，但时间一长，大伙儿就把这事忘了。”

“听说原公一当时时常出入于医生他们那间和这间屋子，除了这两间之外，当时他还去过哪间屋子呢？”

真琴问。

“我想他大概每间屋子都去过吧。他当时说过，按顺序来读歌词，是解开咒语之谜的诀窍。”

“按顺序来读各房间的歌词……”

菜穗子陷入沉思。按顺序？什么顺序？从一头到另一头的意思吗？

“嗯，只不过……”

芝浦似乎想起了些什么，把右拳砸到了左掌的掌心里。“公一他当时的确说过这样的话。只不过，他说从这间屋子往后，似乎光靠顺序就不行了。”

“从这间屋子开始，往后就不行了？”

菜穗子和真琴两人对望了一眼。

2

回到房间，两人正在商讨今后的对策，村政警部便把两人叫去了。当时两人正在商量，从芝浦夫妻的话来看，估计除了解开暗号之外，就再没有其他可以揭开案件真相的办法了。

两人跟着穿制服的警察来到了石桥附近。太阳已经开始西沉，石桥的影子在谷底漫长地延伸着。

“又给两位添麻烦了啊。”

一见到菜穗子她们，村政便开口说道。然而他的声音中听不出半点的歉意。

“那块板子终于让我们找到了。”

村政冲着身旁的警察使了个眼色。警察用僵硬的动作把夹在肋下的木板递给了村政。

“昨天早上你们说的那块木板是不是就是这块？”

菜穗子把脸凑到木板前，仔细地打量了起来。虽然有些脏，但不管是从厚度还是从长度上来看，都应该是同一块木板。真琴感觉连看都不用看，干脆抱着手在一旁站着。

“应该就是这块。”

菜穗子用目光与真琴确认了一下，说道。村政似乎颇为满意，连连点头。之后他把木板递给了身旁的警察。

“我们是在对面的树林里找到这东西的。世人说，木隐于林，凶手对这样的学说，倒也算得忠实遵守呢。”

村政手指着石桥对面的大山，笑着说道。看来找到了这样重要的一件证物，他的心情变好了许多。

“如此一来，本案属于他杀这一点，就变得毋庸置疑了。”

听真琴说完，身材矮胖的刑警用手擦了擦鼻尖。

“嗯，这样下去，沿这条线估计就能一路走下去了。”

他们说话的这种习惯，与其说是慎重，倒不如说是从不把话给说死。

“那么，这案子与菜穗子哥哥的那件案子之间是否存在什么关联呢？有关这一点，能麻烦你们再调查一下吗？”

刑警忽然板起脸来，望着菜穗子说道。

“到目前为止，本案都是以独立案件的方针展开搜查的。如果在办案过程中，我们感觉到本案与去年那件案子存在什么关联的话，我们自然也会从那条线展开搜查的。”

“还有两年前的那件案子，也是吗？”

菜穗子叮嘱似的问道。村政的脸色变得严肃起来：“对，两年前的那件案子也是。”

“村政警部你对两年前的那件案子知道多少呢？可能的话，我们希望能找你详细了解一下。”

或许是从没想到一个外行居然会说出这种话来的缘故，村政盯着真琴看了好一阵，之后才挠着头说道：

“怕了你了。搜查是我们的工作，你们只要把你们知道的情况原原本本地告诉我们就行了。这就是你们对搜查的协助了。”

之后，村政微微一笑，转身走开。菜穗子忍不住冲着他的背影说了句“小气”，可他充耳不闻，头也不回地走开了。

“真够小气的。”

菜穗子仿佛在向真琴寻求同意似的说道。真琴耸了耸肩。

“这也是没办法的事。之前上条也跟我们说过，有关两年前的那件事，让我们去找大厨问。我们干脆就去找他问问看吧。”

返回旅馆的途中，菜穗子她们遇上了中村和古川两人。估计是从一大早就跑到山里去滑雪的缘故，两人一脸疲倦地拖着滑雪板和雪杖。看到菜穗子她们，两人又连忙挤出一脸的笑容来。

“出门散步吗？”中村对菜穗子说的话里，充满了活力，“那场事故引发的骚动，大致也已经告一段落了吧？”

估计是因为从一大清早便出门去了的缘故，所以才能说出这种悠闲的话来。菜穗子意味深长地冲他微微一笑，而他似乎把这笑容当成对他有意思，脚下的步伐也变得轻快了起来。

走进大厅，就见医生与上条早已坐在了棋盘的两端。太太百无聊赖地坐在丈夫身旁，托着腮帮子观战。见菜穗子她们进屋，上条立刻露出了他那口让人联想起钢琴键盘的牙齿。

两人从书架上抽出两本杂志来，走到早晨村政警部询问情况的桌旁坐下，打算商讨一下今后的对策。可刚坐下来还没多久，之前躺在医生他们身旁长椅上的江波就略显犹豫地凑到了她们的身旁。

“那个，可以打搅一下吗？”

“请讲。”

眼见无法拒绝，菜穗子往前推了推椅子。

“听说您是……原公一先生的妹妹？”

“对。”

估计他也是从村政警部他们口里得知的吧。

“去年发生的那事，实在是令人遗憾……举行葬礼时我手上正好有些工作，没能前往参加，实在是万分抱歉。”

“没什么。”

“当时我和原先生之间关系也还算得上亲近，听说他患有精神抑郁症，这一点我至今难以相信。话说回来，我对当时他是否真的是自杀这一点，至今抱持怀疑态度。”

菜穗子不由得回头望了他一眼。之前还从未有人对她说过这样的话。菜穗子极力装出一副冷静的语调来问道：“怎么回事？”

“你知道那间房当时是间密室吗？”

江波一边留意着医生他们的动静，一边问道。

“知道。”

“自杀推论的一大根据就是那间密室，不过现在回头想想，我总觉得那间密室有些奇怪。”

“这话的意思是说？……”

“那天夜里，最先跑去找公一先生的人是我和高濑君，当时房门入口并没有上锁，只有卧室的自动锁锁着。”

菜穗子点了点头，这话与之前她们从高濑那里打听到的情况完全一致。当时高濑说他是“和一位客人一同”前去的，原来这位客人指的就是江波。

“后来当我和高濑君再次过去敲门时，房间入口的门便已经上了锁。因为其后直到骚动发生时，房间入口的门都一直上着锁，那把锁并非自动锁，如果手里没有钥匙，就只能从屋里才能把门锁上，而钥匙却一直装在公一先生的裤兜里，备用钥匙也并未被任何人拿走过。这些，就是促成自杀推论的关键之处。”

“这些情况我们已经有所耳闻。”

“我却觉得有些不大对劲。就算当时他已经下定决心要自杀了，可我们叫了他那么久，他为何一点儿反应都没有？警方最后以一句‘精神抑郁’草草了事。”

“你的意思说，或许我哥哥当时已经死了？”

“没错。”江波肯定道，“但如此一来的话，就会留下疑问：是谁又是怎样锁上房间入口的门锁的呢？虽然即便没有钥匙也能从屋里上锁，但如此一来，不就把上锁者本人也关在房间里了吗？”

“那，有什么解决的办法吗？”

真琴第一次开口发问。

“倒也算不上什么好办法……我认为其中的重点就在于卧室的门锁上了。只要把那道锁给锁上，就再没有人能进到卧室里去了。而进出房间的地方也就只剩下房间入口一处了。可是手里如果没有钥匙，房间入口的门锁就只能从屋里上锁。如此一来，就只剩下一种可能：当我和高濑君敲响卧室房门时，卧室里有人潜伏。”

“那就是说，等江波先生和高濑离开后，凶手走出卧室，从屋里锁上了房间入口的门锁？”

真琴的头脑果然转得飞快，立刻便对对方的假设作出了回应。

“可那人之后又是怎样离开房间的呢？”

“估计只能从窗户逃离了吧。”

听过真琴的意见，江波点了点头。

“我觉得大概是有什么能从外边把窗户给插上的办法吧。如果真能做到这一点，那么当时不在大厅里的人就很可疑了。然而令人遗憾的是，当时大厅里的情形我已经不记得了。当时我正忙着打扑克，之后又和久留美下了几局十五子棋……不过要是从屋外根本不可能销上窗户，这种讨论也就完全没有任何意义了。”

菜穗子回想起了窗户的构造。窗户是内外层两开的双层窗户，每一层都装有搭扣式的窗锁。

“那，江波先生你有没有自己动手试验过呢？”

真琴说。江波一脸不悦的表情：“之前我也曾在自己的房间里试验过，却没能找到什么好的办法。不过我觉得这事如果不到现场试验一下的话，就没法得出任何结论。”

菜穗子对江波所说的话也持赞同的意见。既然如此，那就立刻回房间确认一下吧——

“但如果是从窗户进出，就应该会留下脚印。当时屋外不是还有积雪吗？”

真琴用拇指指着背后的窗户说。

“的确如此。现在看看也能大致明白，那里并非推理小说里时常出现的那种干干净净的新雪状态。之所以这么说，是因为那里是从厨房那里的后门通往仓库的通道，以高濑君为主的旅馆员工每天都会留下无数的脚印。尤其是案发的那天夜里，因为之前没有下雪，所以应该会留下大大小小各式各样的脚印。”

“那就是说，即便其中混有凶手的脚印，其他人也是无法区分出来的？”

听真琴说完，江波回答说：“正是如此。我想说的话就是这些。之前我对这些事一直耿耿于怀，却不能拿去和其他的住客讨论。”

菜穗子也觉得他说的有理。如果他跑去和其他住客说这些的话，那就等于是在说，住客当中有人是杀人凶手。

江波离开后，菜穗子轻声地问了句“如何”。真琴脸色沉重地说：“说的倒也有那么几分道理，不过我觉得那窗户应该是没法从屋外锁上的。”

其后，更衣完毕的中村走到了她们两人的桌旁。“在干吗呢?”中村不请自来地在菜穗子身旁坐了下来。他身上那股令人厌恶的男用古龙水的气味让她忍不住别开了头。

“去喝一杯吧？感觉还不错。”

中村用拇指指着柜台，偏了偏头。菜穗子回想起自己念大一的时候也曾有学生在校园里这样邀请过自己。

“不，不必了。”

菜穗子盯着正在下棋的医生和上条说道。对付这种男人，就要对他冷酷到底才行。不出菜穗子所料，中村并没有表现出半点的退缩。

“那干脆到我们住的那间去坐坐吧。这里也不是说话的地方。……估计过不了多久，古川也该泡完澡了。”

大概是因为不想让医生他们听到的缘故，中村凑到菜穗子耳边说道。温热的呼吸让她愈发地感到不快。换作是往常，真琴早已瞪着对方，让对方知难而退了，但今天的真琴没有丝毫的反应。好不容易见真琴站起身来，结果她却说了一句让菜穗子怀疑自己的耳朵有没有听错的话。

“那咱就去坐坐吧，菜穗子。”

菜穗子大吃一惊，抬起头来望着真琴。真琴一脸平静地说：“大厨有事上厨房去了。中村先生你们是住哪间来着?”

出乎意料的展开，令中村的声音中带有了一丝喜出望外的味道。

“‘启程’房间。顺着走廊左拐就到。”

“原来如此，是‘启程’房间啊。”

说着，真琴向菜穗子投来了意味深长的目光，菜穗子这才明白了真琴此举的真意：这是解读暗号的绝好机会，而且真琴恐怕还打算从大厨那里打听一些和两年前那件案子相关的情况。

“没问题吧？就去一会儿。”

中村根本没有觉察到她们两人间这种言语之外的交流，献媚地说道。

既然是为了破解谜团，那也就没办法了。菜穗子不情不愿地回答：“如果只是一会儿的话。”

“就这么定了。”

中村兴冲冲地站起身来。菜穗子扭头看了真琴一眼，只见真琴冲她挤了挤眼睛，以示鼓励。

“启程”的构造与其他房间没有什么太大的差别。惟一不同的，大概就是壁挂上的那些文字了。

“抱歉。”

菜穗子冲中村说了一句之后，把壁挂翻了过来。背面的译文是这样的：

> 白色的大地，
> 黑色的种子，
> 若想解开谜团，
> 还得好好学学。

首先引起菜穗子注意的就是文中的那句“黑色的种子”了。之前医生曾经说过，哥哥公一在看《伦敦桥》那首歌时似乎也曾提到过这句话，当时他说的“黑种子”，指的会不会就是这句歌词？

除此之外，还有另外的一个问题。那就是这间房间的名字了。“启程”这个名字，与这首儿歌之间似乎并没有什么联系。

“这首歌的名字为什么会叫作《启程》呢？”

见菜穗子扭头询问，中村只是轻轻地瞟了一眼那块壁挂，兴味索然地回答了一声“谁知道”。他从登山背包中拿出了一瓶白兰地。到头来，他的目的还是想把菜穗子她们给灌醉。

中村从架子上拿下一只白兰地酒杯来，倒上三分之一的酒，递给菜穗子。之后他自己也端起了酒杯。

“先来干一杯吧。”

“中村先生你们每次来，都是住这间房间吗？”

菜穗子无视中村想和她碰杯，问道。

“差不多吧。不过我们从没有主动提出过这方面的要求。”

“那你应该也很清楚这首歌的意思吧？”

“知道的不算多。就只是听古川说，他之前似乎在书店里看到些相关的内容。我这人和其他人不同，对这类事情向来都不大关心的。”

或许是看出对方非得和自己聊聊这话题的决心，中村终于认真地看了看那块壁挂。

“其实也没什么太大的意思，只是个谜语罢了。‘白色的大地，黑色的种子’，关键就在于这两句指的是什么。答案其实就是印着文字的纸。说来其实也挺无聊的，但以前的确有不少这种单纯的谜语。”

中村似乎希望就此结束这话题，拉过椅子来劝菜穗子落座。无奈之下，菜穗子只得坐下身来，但毕竟她这趟是冲着那块壁挂来的，于是再次问道：“这首歌与‘启程’这名字之间，究竟有些什么关系呢?”中村拉过椅子刚要坐下，听她这么一问，脸上掠过了一丝颇不耐烦的表情。

“不清楚。”

“真是奇怪，到底是为什么呢?”

“菜穗子小姐，这些事你还是去找经理问吧。听说给房间起名的人是他。和我在一起的时候，咱们还是聊点儿咱们俩之间的私事吧。”

“嗯，说的也是，真是抱歉。”

听完菜穗子的话，中村的脸上露出了一丝笑容，然而在随后的一瞬间里，他抬头望着菜穗子的目光之中便狼狈失措了，只见菜穗子在放下酒杯的同时，从椅子上站起了身来。

“菜穗子小姐，你怎么……”

“刚才不是说了吗?”菜穗子冲着他微微一笑，“我还是去问经理好了。多有打搅了。”

直到菜穗子关上房门，中村依旧呆呆地坐在椅子上。当她沿着走廊迈开脚步时，只听门里传出了一声闷响。估计是因为没有勇气把酒杯砸到门上的缘故，所以就拿起枕头来砸门了。不管怎么说，菜穗子对这种愚蠢的男人没有半点兴趣。

虽然脸色看起来不大好，但经理还是在柜台后边热情地回答了菜穗子提出的问题。

“要问‘启程’那间的名字是怎么来的？这问题可有些难度。”

“您也不知道吗？”

“坦率地说，是的。自从那位英国友人把这里转让给我，那间房间就已经叫这名字了。不过正如你所说的，雕刻在壁挂上的文字与‘启程’这名字之间似乎的确没什么联系。”

“‘启程’这名字应该是经理你翻译过来的吧？那它的原文……”

“就是‘开始’。本来译作‘出发’也没什么不可以，但考虑到这是间旅馆的名字，所以就选择了‘启程’这种译法。”

“‘开始’……是吗？原来是‘开始’啊。”

之前因为中村催个不停，菜穗子连房间上的铭牌都没仔细看。

菜穗子开始默记起那首名为“开始”的歌词来。歌词很短，所以用不了多久便牢牢记下了。

白色的大地，黑色的种子，若想解开谜团，还得好好学学——

“谜团”这个词，微微地刺激了一下菜穗子的脑海。为什么这首歌会是“开始”呢？

“莫非……”

菜穗子冲口而出。正忙着冲咖啡的经理似乎没能听清楚她的话，反问了一句“什么”。菜穗子赶忙摇头，连说“没什么”。

莫非，这首歌就是解读暗号的第一步？这就是刚才菜穗子所想到的。“开始”这个词的含义，既不是“启程”也不是“出发”，估计原义更恰当。而且“要想解开谜团，还得好好学学”这两句，也给人一种解读暗号之序章的感觉。

“多谢经理你的款待。”

兴奋异常的她甚至忘了自己什么都没喝，便脚步匆匆地回到了房间里。此刻她只觉得自己似乎全身都在发烫。

回到房间里，菜穗子锁上房门，找出那份俯瞰图来，再次审视了一番各房间的配置。结果果不出自己所料，菜穗子不禁满意地点了点头。

“开始”的房间——如今她已坚信这单词只有这一种译法——除去“伦敦桥与老鹅妈妈”之外，这间房是最靠边的一间了。更何况，“伦敦桥”那间是与主馆分离出来的另一栋。

菜穗子想起芝浦夫妇曾经告诉过她，公一认为解读暗号的诀窍在于按顺序来诵读各间房间的歌词。那就是说，只用由“开始”那间房间起依照顺序来念下去，不就行了吗？那么之后该接的歌是……

当菜穗子的目光落到“圣保罗”几个字上时，房间入口的门咔嗒咔嗒地响了起来。是真琴回来了吧？刚一开门，真琴便弯起了拇指和食指，冲着菜穗子比了个“解决”的手势。

“看你这样子，应该是大有收获吧？”

“你的脸色不也挺好吗？”

真琴往走廊上瞟了一眼，关上了房门。

“我有话要和你说。”

“那就让你先说好了。”

两人在桌旁面对面地坐了下来。

听菜穗子解释她推测“启程”本该译作“开始”，或许这首歌就是解读暗号的第一步，同时这首歌里也出现了“黑色的种子”字眼等情况；看着菜穗子写下的“开始”的歌词，真琴不禁喃喃说了句“这条线索倒是不错”。

“问题的关键就在于这‘黑色的种子’究竟指的是什么了。看来有必要再到医生他们的那房间去走一遭啊。”

“我也是这么想的。”菜穗子也表示赞同。

“真琴你也快点说说你那边的收获吧。你是不是也查到不少情况？”

“还行吧。”真琴露齿一笑，从牛仔裤的裤兜里掏出一张纸，在菜穗子的面前摊开来。纸上的字迹棱角分明，稍显杂乱，感觉像是出自男子之手。菜穗子认识，这是真琴特有的字迹。

“两年前坠崖而死的那人名叫川崎一夫，在新宿开了一家宝石店，年纪大约五十岁左右。当时他并不是第一次到这家旅馆，半年前的夏天就已经到这里来过一次。他从石桥上摔下去的时候是到这里之后的第二天夜里，当时警方认为他应该是自己不慎摔落的。”

“其中有没有类似这次的杀人手法？”

“事到如今，虽然早已无法确认，但我想警方不至于连杀人手法都察觉不了。”

“也是。”

“大厨对他的印象似乎是个不爱说话、性格阴郁的人。据说他几乎没和其他客人说过话。当时的那些客人如今就只剩下医生夫妇、芝浦夫妇和江波他们几个，但那时候众人还不是很熟，对案件也并不是很关心。但大厨说他参加了川崎的葬礼后，才从川崎的亲戚朋友们那里听说这件案子背后还存在着隐情。”

“什么隐情？”

菜穗子记得自己曾听人说过，葬礼这种东西感觉就像是故人生前传闻的传播地。

“在这之前，得先说一个重要的前提。”

虽然并非有意卖关子，但真琴不得不先慎重地说明一番。

“大厨平常很少会对人提起这事。也有可能是没人问的缘故，据说他总是极力避免在人前提及此事。你猜猜看，他最近一次是在谁的面前提起此事的?”

“猜不到……”

菜穗子思考了一阵。既然真琴这样说，那么这件事应该有什么意义才对。她抬起头来说：“莫非……是哥哥?”

“答对了。”真琴说，“当时公一也得知了这事，并且颇为重视。也就是说，我们现在走上了一条与公一当时所走的几乎相同的路。”

“哥哥解读暗号与两年前的案件之间并非全无关系。”

“就是这么回事。接下来就说说那段隐情吧。”说着，真琴在菜穗子的面前竖起了三根手指，“总共有三点。”

“三点?”

“对，不过大厨平常只会在人前提起其中的两点。其理由之后再说，我们先来说下前两点。第一，死者的亲戚朋友都认为那件案子并非事故，而是一场自杀。大伙儿都对此坚信不疑。”

“自杀？有什么根据吗?”

真琴用右手的食指指了指自己的腹部。

“据说川崎生前患有胃癌。当然了，医生说他们从未向患者本人透露过这一点，但他自己似乎已经有所察觉。”

“所以就自杀了?”

“不过只是猜测罢了。就算患有胃癌，也未必就没得治了。”

然而菜穗子却觉得，或许这也是造成他最终自杀的动机之一。

“第二点倒也算不上什么大问题，估计这种事在葬礼上常听见：是外遇。川崎生前是入赘的夫婿，虽说经营着一家宝石店，但实权在他太太的手里，所以他这社长根本只是个虚衔。据说他甚至连鉴定宝石的真伪都做不好。或许也正是因为这原因，据说结婚后没过多久，他就和其他女人搅到一起，而且还让对方生下了孩子。当时这事让前任社长知道了，把他给狠狠训了一顿，但最后还是给了那女的一笔钱，让他和那女的分了手。但他这花心毛病似乎总也改不了，总会和女人勾搭纠缠。虽然他太太一直顾及颜面，隐忍不发，后来也开始认真考虑起离婚的事来了。”

这样的事倒也并不罕见，菜穗子不由得叹了口气。为何每个男人都会如此呢?

“哥哥他对这种事应该不会感兴趣吧?”

菜穗子有些焦躁地说。

“我也有同感。接下来就是第三点隐情了。我先问了一下大厨，当时他是否曾对公一提起过这一点。大厨当时看起来似乎有些不愿提起，但最后他还是老实交待，说一次在他喝多了之后，曾经在公一的面前提起过。也或许正因为如此，他才愿把这事儿也告诉我们。不过他再三叮嘱我们，让我们千万不要告诉任何人。”

“看来似乎还挺重要啊。”

“或许吧，估计当时最令公一在意的就是这件事了。”

真琴加重了语气，接着又连连舔舐嘴唇，透露出她内心的兴奋：“在川崎到这家旅馆来之前，他差不多可以算得上是离家出走了。不管是太太还是其他的亲戚，直到他死去之后，才知道他到这里来了。据说当时他们都向警方报了案，发布了寻人启事。”

“哦?”

五十岁的大男人居然还会离家出走？这样的事不禁让菜穗子感觉到有些新奇。这种情况下，说成“人间蒸发”或许更贴切。

“据那些亲戚朋友说，当时他离家出走的动机或许就在于自知命不久矣，所以想干脆开开心心，随心所欲地度过最后这段为数不多的日子。记得以前似乎也有过一部同题材的电影吧?”

菜穗子回想起了黑泽明导演的《生之欲》。

真琴接着说道：

“只不过，想要让自己的余生充实起来，手上就必须有钱。可是川崎个人的手头上几乎没什么钱，财产全都是以他太太的名义存下的，为了防止他跑去搞外遇。平常他手上的零花钱少得可怜。最后，被逼得走投无路的他，终于对自家店里的货物下了手。”

“莫非他带着店里那些货物逃走了?”

“店里也有店员盯着货物，他当时带走的是做成戒指或项链之前的宝石，也就是拿到珠宝作坊里去打磨加工之前的那种。其中尤以钻石和翡翠居多，据说全部加到一起，价值高达几千万。”

“几千万!?”

菜穗子心想，这世上大概也只有顶尖职业棒球选手才能拿到这样高的年薪。总而言之，这样的数字对自己而言，纯粹只是个天文数字，没有任何实感。

“也就是说，当时川崎携带着几千万的财产离家出走，更重要的问题还在后边。警方发现他的尸体时，却并未发现任何钻石或是宝石。”

“难道被盗了?”

“有这种可能。但就警方调查到的结果来看，并未发现类似偷盗的痕迹。也有可能是他到这家旅馆之前遇上了什么事，总之一切都包裹在迷雾之中。”

“几千万的宝石不知所踪……”

失物的昂贵价格让菜穗子有些失措。如果自己手上有这么多钱，能买些什么呢?

“大厨的话大致就是这些了。”

真琴撩起头发，坐回椅子上，结束了她漫长的讲述。

“从我们的推理方向来说，这些事本身并不重要，重要的是当时公一听过这些事之后究竟有何反应。比方说，他的心里都有些什么感受，最关注的又是什么。而这里的提示就是：公一他为何会对暗号如此执着。”

从真琴的语气来看，估计她早已对这一点有所猜测，而菜穗子也能够隐隐猜到。

“公一他大概认为，当时那价值几千万的宝石或许就藏在这家旅馆的附近吧。”

“而那些暗号所指示的就是藏宝石的地方?”

真琴重重地点了点头。

“可当时编暗号的人并非川崎，而是这家旅馆原先的主人，也就是那位英国女性啊?宝石又怎么可能会被藏到这里呢?”

“说到底，这一切也全都是我的一点推测罢了。”真琴先声明了一句，“川崎当时或许也得知那些《鹅妈妈童谣》其实是些暗号，并且成功地把它们解读了出来。自杀之前，他为不知该如何处置身上的那些宝石而感到困扰，于是便想到了把宝石藏到暗号所指之处这个办法。暗号所之处藏着宝石，这种事不也挺浪漫吗？”

菜穗子吃了一惊。其原因并非是真琴的推理太过跳跃，而是因为她居然用了“浪漫”这个词。之前菜穗子一直以为她对这类事物抱持着排斥的态度。而真琴也为自己刚才说的话害臊起来。

“有啥反对意见吗？”

菜穗子摇头说：“我赞成你的观点。只是我却搞不明白，哥哥他怎样知道暗号所指之处就是埋藏宝石的地方的呢？”

“这的确是个问题。”真琴的语气听起来似乎也已经考虑过这层关系了，“说不定当时公一他自己对这一点也并不确信，只是处在推理的阶段罢了。但就目前的情况而言，倒也没有必要去考虑这一点。关键问题在于，公一他为什么想要解读这些暗号。”

菜穗子默默地点了点头。只要能够弄清哥哥临死前都在关注什么，对什么事如此倾心，就已经算得上是很大的进展了。

“如果哥哥是为了这事而解读暗号的话，那么他自杀的可能性就更小了啊。”

菜穗子原本打算用冷静的语调来讲述，但连她也能感觉到自己的语调禁不住有些激动，而且整个身子也变得燥热起来。

“说的没错。”仿佛看穿了她的内心一般，真琴加重了语气。“公一他不是自杀，而是被人杀掉的。这一点已经可以肯定。”

被人杀掉的。

这句话再次烙进菜穗子的内心。哥哥他是被人杀掉的。

“凶手为什么要把哥哥杀掉呢？”

菜穗子的眼角一阵发热，一行清泪滑落脸庞。真琴叹了口气，望着菜穗子。

第六章　马利亚归家之时

1

听到敲门声，菜穗子还以为是高濑来通知吃饭，打开门一看，才发现门外站着的是一脸紧张表情的江波。

“我一直都挺在意的。”江波说，“之后你们有没有调查过窗户的插销呢?”

江波似乎还在执着于密室。

“查过，只不过没什么发现。”

“是吗……”

江波稍显失望地低下了头。

“请进屋谈吧。”

菜穗子闪开身子，让江波进屋。江波稍稍犹豫了一下，说了声“打搅了”，走进屋里。

起居室里，真琴正在盯着旅馆的俯瞰图研究。江波看了一眼散乱地摆在桌上的俯瞰图和歌词，感慨万千地说：“之前原公一先生也经常这样呢。”

菜穗子带着江波一走进卧室，他便立刻走到窗旁，开始研究起窗锁的构造来了。他似乎一直把这件事当成最大重点。

“果然和我那间一样，也是搭扣式的啊。”

江波摆弄着金属扣，喃喃说道。

“我估计用针线什么的大概是没法儿从外边扣上的。”

不知何时，真琴已经来到了菜穗子的身旁。

“这里天气寒冷，为了不让冷风灌进屋里，窗户上的缝隙全都被堵住了。”

“似乎是的。”江波似乎已经死了心，站起身来说道，“我只是在想，应该还有一种办法。这办法也是我之前在书里看到的，先把搭扣调到即将下落的状态，用雪块固定住，等凶手离开房间，合上窗户之后，雪块融化，搭扣就会因为其自身的重量而落下……”

“这倒也是个办法。不过搭扣似乎卡得很紧，估计是不会因为重量而落下吧。”

从真琴的语调来看，这些问题她似乎早已考虑过。或许是为了掩饰害臊，江波挠着头从窗旁走了开来。

“那就是说，当时窗户始终处于锁闭状态吗？这可就有点复杂了啊。你们两位有什么好的办法吗？”

“估计凶手当时就是从房门离开的。”

听过真琴的话，江波睁大了眼睛。

“有什么办法可以从门口出去吗？”

“比方说，备用钥匙。”

“的确如此，不过有关这一点，警方或许也已经调查过了。”

“我觉得除此之外也有其他可能，所以我打算考虑一下其他的机械装置之类的。”

“这倒是个好主意。”江波抱起双臂，赞同地点了点头，“我也再来重新考虑一下好了。如果想到什么好办法，我会立刻通知你们的。”

“拜托了。”

菜穗子低下了头。看到菜穗子这副样子，江波语重心长地说：“你哥哥可是个好人，跟我一样，是推理爱好者。我们经常在一起聊天。别担心，一定能想到些好办法的。”

说完，江波便离开了房间。望着江波拉上的房门，真琴用忧郁的声调喃喃念了一句：“密室啊。”

菜穗子很清楚她此时的心境。尽管暗号的确令人神往，但密室谜团也同样必须解开。

敲门声再次响起。这一次出现在门外的是高濑。

2

晚餐后的大厅里充斥着一股紧迫而压抑的气氛。虽然棋牌游戏一如既往，桌旁坐着打牌的医生和上条也开始往棋盘上放棋子，但谁都无法全身心地投入到自己手上的游戏中去。中村和古川从不参加这类游戏，一早便回到屋里，逃离了这种沉闷的氛围。久留美和高濑也借口说还有工作要做，不知消失到什么地方去了。

医生太太正在教菜穗子和真琴玩多米诺骨牌。整个大厅之中，只有太太依旧吵嚷不休，与往日没有什么太大的差别。

“你打算怎么办？”

大厨一边看牌，一边吵嚷着说道。他的目光首先投向了对面的经理，之后又立刻转到柜台旁静静关注着所有人的那两个人身上。

“什么怎么办？”经理问。声音听起来颇为镇定。

“还用我说吗？”大厨变得愈发地焦躁起来，“他们怎么会跑到我们这里住宿的？”

经理漠然地打着牌。

“你要不要找每一位住客都问问他们为什么要在这里住宿？”

“这不是挺好的吗？”江波为两人圆场道，“估计他们还有些事需要调查吧。若是每天都让他们一大早赶过来，倒也的确挺辛苦的。”

“就是，你别在意了。”

见芝浦也赞同江波的意见，大厨便没有再多说什么。

酿成这场小小争议的两个中心人物——村政警部和年轻的中林刑警对众人的话语充耳不闻，一脸平静地坐在柜台旁抽着烟。菜穗子侧目瞟了两人一眼，看到他们那副面不改色的样子，不由钦佩得五体投地。

“哎呀，又是我赢了呢。”

医生太太欢天喜地地说。

十点过后，见两名刑警回屋去了，菜穗子和真琴也站起了身来。医生太太本有些不快，但听菜穗子说她们明天还会去房间找她，也只好就此作罢。

走到“圣保罗”房间门前，两人相互对望了一眼。之后两人冲着对方点了点头，最后确认了一下，菜穗子一脸紧张地敲响了房门。菜穗子并不想让住在隔壁的中村他们听到敲门声，她总觉得敲门声是如此之大，令她心跳不已。

中林刑警打开了房门。平日他的脸上总是长满胡茬，一直从嘴边延伸到耳际，可这时凑近一看，才发现原来他长着一张娃娃脸。中林睁着圆圆的大眼睛盯着她们看了好一阵，之后才猛然醒悟似的“啊”了一声。

“有什么事吗?”

“我们有点事情想求你们。”

菜穗子冲着屋里张望了一下，说道。

只见村政矮胖的身影正朝着中林的身后靠近而来。

“居然主动跑到男人住的房间来，你们可真够积极的啊。”

矮胖男子又开起了他那种无聊的玩笑。

“我们想看看壁挂。”

“壁挂?”

“总而言之，能让我们先进屋吗?”

菜穗子先朝大厅望了一眼，之后压低嗓门悄声说道。这动作强调了她们不希望让其他人给觉察到的心情，同时也发挥了效用，两名刑警略带犹豫地给两人让了道。

“我们想看一下壁挂上的歌词。”

说着，菜穗子走到壁挂前站住，开始用带来的本子誊抄起了歌词。两名刑警先是在她身后呆站了一会儿，之后看到她写个不停，村政才找真琴问道：

“这首歌有什么特别的含意吗?”

真琴并没有立刻回答。看那样子，似乎是在思考究竟该怎样向对方解释才好，但最后她说出的，却只是淡淡的一句“咒语”。

“咒语？”警部满脸惊异的表情，“什么意思？”

“说了啊……这是咒语。”

真琴简短地把这家旅馆的每间房里都挂有刻着《鹅妈妈童谣》的壁挂，以及壁挂的由来等情况向刑警们做了说明。两名刑警非但不知所谓《鹅妈妈童谣》为何物，而且若再告诉他们这是通往幸福的咒语的话，只怕会让他们更加觉得一头雾水。中林刑警为了避免难堪，甚至还不懂装懂地说：“最近总是流行一些奇奇怪怪的东西呢。”

“我哥哥当时似乎就在调查这些咒语的含义。之所以这么说，是因为这些咒语是一种暗号。”

抄完歌词之后，菜穗子再次扭头冲着两名刑警说。

“暗号？”听到这个词，两名刑警终于有所反应，脸色骤然变得严肃起来，“暗号？什么意思？”

菜穗子把川崎一夫的宝石与暗号之间的关联告诉了刑警。之前她已经和真琴商量过，觉得还是有必要把这事告诉警方。

然而刑警更关心的似乎还是菜穗子她们竟然对两年前的案件知道得如此详尽，而当菜穗子讲起有关藏有宝石的话题时，刑警的脸上露出了不屑一顾的笑容。

“看你们这表情，似乎觉得这不可能，是吧？”在一旁焦躁不已的真琴开口说道，“听起来就像是个童话，对吧？”

“没这回事。”村政夸张地挥了挥手，“有这种可能。我不过是对你们这种想法的独创性感到钦佩罢了，毕竟当时的那些宝石至今依旧下落不明。只不过……那件案子与你哥哥的死之间应该是没有什么联系的……当然了，这也只是我个人的一点意见。”

“但我哥哥他当时在调查暗号，这是事实。”菜穗子表情严肃地说，“所以我们相信，只要我们也像哥哥当时那样去调查壁挂上的歌词，就一定能查到些什么。”

“这是你们的自由。”

村政淡淡地回答。那感觉就像在说“既然你们喜欢玩这种侦探游戏，那就随你们去吧”一样。

“只不过，当时我们认为你哥哥是自杀是有许多根据的。首先是现场的状况，其次是动机和人际关系，这是当时我们多方调查后得出的结论。所以，如果你们想要推翻我们的结论，请你们先给我们出示一些能够让人信服的数据或资料吧。”

“比方说，密室？”

听真琴如此一问，村政用不带半点感情的声音说道：“对，密室也算其中的一点吧。”

“把所有人的证词全都综合到一起，就能很明显地看出，当时给原公一先生的房间上锁的人就是原先生自己。如果你们要对此提出异议，那就必须提出更加妥当的证据。这种场合下，最重要的一点，就是妥当性了。”

也就是说，强词夺理或是以巧合来解释，对方是不会认可的。

“客人中的某位曾经提出一个有趣的设想。”

真琴回想起江波白天讲述的那个设计安排，把它转述给了刑警。也就是说，当时凶手就潜伏在卧室里，从窗户脱离现场之后，使用某种办法插上窗户。刚开始，村政还一脸严肃的表情，但等他提问“那你们找到什么能从屋外插上窗户的办法没有”而真琴回答说“还没”之后，村政的脸上又变回了那副不以为然的表情。

“估计也是，想来我们应该也调查过的。”

“但我觉得这也提出了一种可能性。”

“挑战精神值得嘉奖。不过话说回来，当时和你说这些话的客人究竟又是哪位呢？方便的话，希望你们能把此人的名字告诉我……”

“是江波先生。”

菜穗子回答。村政比了个“哦”的口形。

“不愧是搞科学的。听说他在公司里的某些想法也颇具创新性，只不过他的想法常常是曲高和寡啊。”

自打两年前那件案子发生后，江波一直住在这家旅馆里。因为这层关系，警方对他个人的调查可谓详细。

“总而言之，就像我们白天所说的那样，目前我们正在集中精力抓捕这次案件的凶手。若是中途或者其后发现本案与之前的案件有所关联，我们自然会对之前那些案件展开搜查。两位明白我的意思吗?”

无奈之下，菜穗子只得回答了一句“明白”。

“那就请两位回房歇息去吧，睡眠不足可是会影响到脸蛋的哦。”

然而真琴却挡到了伸手准备开门的村政面前。

“那么有关这次案件的凶手，警方是否已经查到了什么眉目?”

“我说你……”中林出声吼道。村政却抬手制止了他。

“我可以负责地说，凶手就是眼下住在这家旅馆里的客人中的某位。说得难听点儿，此人如今已经成瓮中之鳖。”

“所以为了最后将此人绳之以法，你们就住进旅馆里来了?”

“眼下我们手上还没有能把凶手一举将死的棋子。只不过差的也就只是一只‘车’和一只‘卒’了。好了，时间到了。”

村政绕到真琴的身后，敏捷地打开了房门，另一只手则平伸向了走廊。

“我们原本也想能再和两位多聊几句，但无奈工作缠身。今天暂时先聊到这里吧。”

真琴与菜穗子对望了一眼，轻轻叹了口气。

“晚安。”菜穗子说。

警部点了点头，关上了房门。

《圣保罗之歌》英文歌词的背面是这首歌的译文：

圣保罗塔顶上有棵树，
树上结着许多的苹果，
伦敦街头的小鬼头们，
手里拿着木钩冲上去，
掏下苹果，一哄而散，
从围墙跑到围墙，
最后终于到了伦敦桥。

这就是从村政警部那间房里抄来的歌词。菜穗子和真琴先是盯着歌词默默地看了一阵，之后真琴开口说道：

“公一说过，解读暗号的诀窍，就在于依照顺序来读歌词，那么具体又该怎样处理呢?”

“处理?”

“也就是说，这暗号究竟是属于哪种？比方说，暗号的处理方法中，不是有一种是把原来的文字替换成其他文字或记号的办法吗？就是夏洛克·福尔摩斯的《跳舞的人》，爱伦·坡的《黄金虫》里出现的那种。但目前我们眼前的是《鹅妈妈童谣》这种已经固有的歌词，所以应该不会是那种暗号才对。”

真琴也挺喜欢推理，只不过对其热衷程度远远不及对动漫。从她没有说“柯南·道尔的《跳舞的人》”而是说“夏洛克·福尔摩斯”这一点上，便足以看出她对推理的热衷程度。

“除此之外，还有什么类型的暗号呢？”

“嗯，比方说，还有改变原来文字的顺序这种办法。举个简单的例子，把原来的文字原封不动地倒过来，或是换成横列书写后截取纵列之类的。只不过这办法对这些暗号也不是很适用。”

“还有呢？”

“还有就是在文章的构成单词或文字之间插入多余的字句，让整篇暗号变得无法理解。”

“这办法也不成啊，这些暗号本来就够费解了。”

“对，如果用之前所说的三种办法来解读，那么完成后的暗号文不是让人完全搞不明白，就是记号的单纯罗列。所以这三种方法对这次的暗号而言，全都不适用。”

“没有哪一段能凑出可以读懂的文字吗？”

“从目的来说，暗号文本身就是些莫名其妙的文字，并非史无先例。并排放些毫无特别之处的文章，把每一行里的第一个或是最后一个抽出来凑到一起，隐藏在暗号中的讯息就会浮出水面来，感觉就像是文字游戏一样。比方说，有这样一个例子。”

说着，真琴在本子上写下了《伊吕波歌》的日文，每行七个字，之后又在每一行的最后一个日文做上记号。

“顺着最后的几个字念下来的话，就成了‘とかなくてしす’。其中的‘とか’其实就是‘とが’，是‘罪孽’的意思。也就是说，这首歌里隐含了无罪冤死的讯息。因此，有人推断这首歌可能是一位无罪冤死之人所作。”

“厉害。”

听完真琴的解说，菜穗子不由得感叹起来。不光是因为以前一直以为无甚特别之处的《伊吕波歌》中竟然隐藏着这样的秘密，同时也对真琴的学识渊博感到钦佩。

“之前我都不知道这些事呢。”

“这些可以说是妇孺皆知的事。但凡说明隐藏讯息时必然会提起，而且只要是读过推理小说的人，大抵也全都知道。你就别拿出去和其他人得瑟了，会丢丑的。”

“什么嘛，真没劲。”

“所以呢，这次的暗号里，可能性最大的就是这种隐含讯息。之前我自己也曾经尝试着排列过……”

真琴从衣兜里掏出了自己的本子。自从来到这里之后，两人一直随身带着纸笔，毕竟谁都不知道接下来会发生些什么事。

真琴的本子上，依次记录着“鹅妈妈旅馆”中各个房间的名字：

伦敦桥与老鹅妈妈

启程

圣保罗

矮胖子

呆头鹅与长腿叔叔

风车

杰克与吉尔

“我试过把房间名的头一个词连起来，也试过把最后一个词串在一起，但都不成功。而且与公一说的照顺序念下去就行的话也不一致。到头来还是弄不清该怎样处理。”

“嗯……”

“看到《圣保罗》那首歌词后，我还以为能够找到些什么提示，之后才发现我的想法实在是太天真了。”

真琴的声音少见地变得沮丧起来。这些暗号本该尽早解读出来，但面对目前这种毫无头绪的状况，她也开始变得焦躁起来。菜穗子不希望看到真琴这样。令她如此苦恼的原因，全都在自己的身上。

“今晚还是先睡了吧。”

自己竟会以这样的口吻来安慰真琴，这让菜穗子感觉到无比滑稽。但她也知道，如果自己不表态，估计真琴就不会离开桌旁。

真琴似乎觉察到了菜穗子内心的想法，她淡淡地一笑。

“说的也是，让头脑休息休息也是件重要的事。”

两人来到了卧室。

熄灯后也不知过了多久，菜穗子在黑暗中睁开了眼睛。自从来到这家旅馆之后，她的睡眠就一直不太好。然而今晚的情况又与往常有所不同。如果换作是平常，相邻的床上早已响起熟睡时均匀的呼吸声了，但今天却只能听到真琴在床上翻来覆去的声音。菜穗子以前也曾和真琴一起出门旅行过几次，但这样的事还是头一遭。

“真琴。”

菜穗子轻轻叫了她一声。

真琴停止了翻身，反问了一句“什么”。

“刚才你说的那事，倒也挺有意思呢。”

“什么事？”

“无罪冤死。”

“嗯。”真琴的声音中带着一丝笑意，“也不是什么重要的事。”

“可是挺有意思的。”

“那就好。”

“除此之外，你还知道些其他的吗？”

“其他的？”

真琴似乎挪了挪身子，对面的床上传来了身体在床单上摩擦的声音。估计是她把双臂枕在脑袋下边的缘故吧。菜穗子心想。这是她躺在床上想事时的一种习惯。

过了一阵，对面的床上传来了答话声：“之前我听说过把文字打散重排，使得原文面目全非的那种转置办法来解读暗号的有趣故事。以前这种暗号在欧洲使用得较为频繁，有的学者甚至还就这种暗号发表过研究成果。”

“搞得还挺有声有色呢。”

“或许只是单纯喜欢这类文字游戏罢了。记得应该是荷兰的惠更斯吧。据说他曾经把原文分解成字母，换成了 abc 的排列顺序。基于这方法解读出的暗号文，先是八个 a，之后是五个 c，变成了一副奇怪的样子。听说还是他发现土星环带时所作的论文。”

“那么，原文的内容是怎样的呢?”

“因为原文是用拉丁语写的，所以我只知道它的译文，其意思大概是：稀薄、平坦，无法触及，而且被面朝黄道的环带所包围。”

“说的是土星的环带吗?”

“似乎是的。”

“嗯……”菜穗子开始在脑海中描绘起了土星环带的形状，下意识地说道，“感觉原文就跟暗号似的。”

“是啊……”

沉默再次笼罩在两人之间。就在菜穗子准备开口说“晚安”的时候，相邻的床上突然传来了掀开毛毯的声音。朦胧之间，可以看到真琴起身去穿拖鞋的身影。她的呼吸声似乎有些狂乱。

“怎么了?”

“我想我大概明白了。”真琴的话听起来有些莫名其妙，“说不定我解读出来了。”

菜穗子也跳起了身。真琴打开了灯，菜穗子感觉眼前有些刺眼。

隔着起居室的桌子，两人再次看起了《圣保罗》的歌词。圣保罗塔顶上有棵树——

“其实很简单，这首歌根本就不是什么暗号。”

说完，真琴咬紧牙关，再次盯着歌词看了起来。那样子看起来就像是在为之前自己竟然一直未能觉察到而感到懊悔一样。

“你就顺着念下去就行，根本就不需要做任何的处理。”

“顺着念下去?”

真琴指着歌词里的几处地方说。

“圣保罗塔、围墙、还有伦敦桥。看到这三个词，菜穗子你是否会联想到些什么？”

菜穗子吃了一惊，重新念了一遍歌词。真琴既然这样说，那她一定是在看到这几个词后联想到了什么。圣保罗、围墙、伦敦桥……看来看去，菜穗子也还是没能从中看出些什么门道。

“菜穗子你听说过圣保罗大教堂吗？”

菜穗子轻轻摇头。

“那，这对你来说或许会有些费解吧。圣保罗大教堂因其尖塔的高度，也就是尖顶的高度而闻名于世。听到‘尖顶’这词，你又会联想到些什么呢？”

“尖顶……”

菜穗子的眼前浮现出了真琴所描述的情景。并非空想，而是之前曾经看到过的光景。而且还是在最近……菜穗子张大了嘴，深吸一口气。

“是别栋的屋顶吧？”

医生夫妇住的那间房与整座旅馆是分离的一幢独立别栋，而它的屋顶尖得出奇。

“没错。那么，‘围墙’和‘伦敦桥’呢？”

这问题很简单。菜穗子当场便回答道：

“是砖瓦屋顶和后边的石桥吧？也就是说，歌词里出现的单词，全都可以替换成这家旅馆中的实物，是吧？”

菜穗子终于明白，之前真琴为何会说“简单”了。

“没错。这不是什么暗号，充其量不过是些暗示罢了。《开始》的那首歌词也是如此。白色的大地，黑色的种子，想要解开谜团，还得好好学学……这首歌的意思估计就是说，想要解读暗号，就得再好好学习一些有关《鹅妈妈童谣》的知识吧。只不过，眼下我还没有弄明白，里边那句‘黑种子’究竟在暗指什么。”

“并非暗号，而是暗示……只用按其原意来理解就行了，是吧？”

“这样一来，这首歌就可以这样解释了。”

真琴拿起本子，连说带唱地道。

“从别栋偷走苹果，沿着砖墙，来到石桥边。”

“挺有画面感的嘛。”

“没错吧？”真琴也露出了欣悦的表情，“这其中暗示了行动的顺序。先到别栋，之后再沿着围墙去到石桥边……就是这么回事。”

“那，‘从别栋偷走苹果’又是什么意思呢？”

“估计这就是解读暗号的关键所在吧。”

自信再次回到了真琴的双眸之中。

3

第二天吃早餐的时候，村政询问高濑的声音响彻了整间旅馆。其他客人对这个身材矮胖的刑警避之不及，尽可能地远离他们，而菜穗子她们为了搜集情报，却故意在他们两人旁边的桌旁坐了下来。村政似乎并不在意自己的话让她们听到。

“烧炭小屋吗？”

首先传来的是高濑的声音。村政轻轻点了点头。

“最近几乎没人去过那里……那间小屋有什么问题吗？”

“高濑你也没去过吗？”

“没有。”

“这旅馆的客人中，是否有谁知道那间小屋？”

“不清楚……我倒是从来没对任何人提起过，但要是有人到那附近散过步的话，或许就会知道。”

“是吗？万分感谢。”

向高濑道过谢之后，村政扭头冲着菜穗子她们比了个“胜利”的手势。

吃过早餐，两人决定分头行动，真琴到镇上去找有关《鹅妈妈童谣》的文献，而菜穗子去医生夫妇的房间调查情报。高濑则负责把真琴送到镇上去。

“哎？”

从玄关的鞋柜里找鞋子时，真琴不禁惊叹了一声——放鞋的位置顺序改变了。

“我的也是。”

菜穗子从她自己够不到的高处取下了防雪靴。

“啊，昨晚刑警他们似乎调查过这里。”

“调查鞋子？”

真琴问高濑。

“对，也不知道他们到底想查什么。”

菜穗子和真琴对望了一眼，之后便开始思考起来。他们能从鞋子上查到什么呢？

“那间烧炭小屋在什么地方呢？”

临上车前，真琴向高濑问道。

“山谷对面。”高濑回答，“过了石桥就到了。”

“原来如此。”真琴终于明白了事情的原委，扭头冲着菜穗子说，“开派对的那天夜里，大木就是因为想要过桥才摔下去的。估计警部也曾猜想过他这么做的目的，之后便发现了那间烧炭小屋吧。说不定他们还发现了最近有人出入那里的痕迹。”

“大木他去烧炭小屋干嘛呢？”

“只要弄清了这一点，整件案子也就迎刃而解了。”

“要是有时间，我也过去看看吧。”

“去看看倒是可以，只不过不必太勉强。眼下最该做的事，只有一件。”

“我知道。”

“大木真的是被人杀掉的吗？”高濑问。他似乎也已经对目前的形势有所觉察。

“只要真有凶手。”

说完，真琴便钻进了面包车里。

目送着真琴离开之后，菜穗子并没有回房，而是直接去了医生夫妇的房间。菜穗子本以为他们夫妇俩或许已经出门散步去了，可敲响房门之后，屋里很快传出了太太精力充沛的应门声。看到门外站的是菜穗子，太太的兴致更高了。

“我这就去冲茶。”

屋里看不到医生的身影。太太回答说他泡晨澡去了。

桌上放着香气宜人的日本茶，两人面对面地聊了几句无关紧要的话。之后，菜穗子对太太提起了暗号的事。

“当时我哥哥有没有在你们面前提到过《鹅妈妈童谣》呢？再琐碎的小事也没关系。”

“这个嘛……”太太扭头望着壁挂，沉思了起来，“记得他当时曾盯着这首歌看了好久。不过却从未听他发表过什么感慨。他每次来都是盯着歌词看上一阵，之后起身告辞。”

“是吗?”

这时从菜穗子脑海中闪过的，就是公一手里有一本关于《鹅妈妈童谣》的书这件事。那本书上应该收录了《伦敦桥》这首歌才对。既然如此，哥哥他为什么还要特意跑到这房间里来看壁挂呢？其理由究竟何在?

莫非壁挂上的这首歌有什么不同之处？如果真是如此，倒也还能让人点头赞同。那么，其原因究竟在哪儿？难道是歌词有什么不同?

菜穗子的目光落到了壁挂上《伦敦桥》的歌词最开头的几句上：

> 伦敦桥要倒塌了。
> 要塌了，要塌了，
> 伦敦桥要倒塌了，
> 我的窈窕淑女。
> 伦敦桥要倒塌了。

菜穗子的目光停在了第一行结尾的句号上。第三行出现相同的短语时用的是逗号，这里为什么会用句号呢？菜穗子站起身来，凑近仔细看了看那里。是句号，没错。

“这里有点奇怪啊。”

太太扭过头来，眯起眼睛，看了看菜穗子手指的地方。

“你说那里啊？估计是单纯的手误吧。大概是刻的时候本想刻个逗号，结果却没有刻好。”

菜穗子却觉得事情并不像太太说的那样简单。不管哪幅壁挂上，都没有这样的失误。而且要把句号修改成逗号，也并非什么难事。

其中必定隐含着什么意图——菜穗子如此坚信。而且当时公一所关注的地方恐怕也就是这里，就是为了弄清为何要把逗句改成句点，他才几次跑到这里来。

一首歌的歌词突然浮现在了菜穗子的脑海之中。记得上次来的时候，医生曾说过，公一他当时提到过“黑种子”。所谓“黑种子”，指的不就是逗号和句号吗？

随后，《开始》那首歌又浮现在了她的脑海之中。

“白色的大地，黑色的种子，想要解开谜团，还得好好学学。”

是吗？菜穗子不由得身子一颤。这首歌的意思，并非单纯只是暗示要好好研究一下《鹅妈妈童谣》。公一当时一定也觉察到了这一点。

“失礼了。”

说着，菜穗子便开始往本子上誊抄起歌词来。

抄完之后，菜穗子又恳求夫人让自己看了下二楼的歌词。在二楼的那首《老鹅妈妈》之中，菜穗子也同样在第二行的最后发现了一处极不自然的句号：

从前有只鹅妈妈，
每次出门时。
都要骑在鹅背上，
飘忽地飞过天空。

从语法上来说，这里接句号实在是让人感到有些奇怪。菜穗子坚信，这一定是解读暗号的一大提示。

抄完歌词，菜穗子向太太道过谢，离开了房间。

由别栋的出口来到屋外，她到旅馆的背后绕了一圈，嘴里还念唱着《圣保罗》之歌的后半段。

“掏下苹果，一哄而散，从围墙跑到围墙，最后终于到了伦敦桥。”

歌词里说的“围墙”指的应该就是这家旅馆的围墙。沿着围墙一路走下去，自然就会绕到旅馆背后的石桥边。然而此时的石桥边却已拉起了警戒线，无法像之前那样随意靠近了。

其后的歌是《矮胖子》。

“矮胖子坐在高墙上……”

菜穗子看了看自己身后。“鹅妈妈旅馆”的周围围着一圈围墙。如果按照歌词里唱的那样去做，那自己就得爬到围墙上去才行。上了围墙之后又该怎样呢？总不能像歌里唱的那样，从围墙上摔下来吧？

坐到围墙上之后，又能看到些什么呢？

虽然不过只是一时间突发的奇想，但这想法却让菜穗子纠结不已。在石桥边爬上围墙，从那里眺望远处——感觉倒也有几分暗号的味道呢。

一咬牙，菜穗子走到了墙边。围墙大约有两米高，旁边堆了些砖块，菜穗子踩着砖块爬上了围墙。

从围墙上放眼望去，眼前的景色堪称绝景。尽管天气不算太好，无法看到远处，但眼前的景色中却蕴含着一股水墨画般的神韵。

然而菜穗子这样做的目的并不在于此，而是在于暗号的提示。她此刻所能看到的，就只有一座座的雪山、坍塌的石桥，还有那让人脚底发软的深邃谷底。

“真够勇敢的呢。”

脚下传来了说话声。菜穗子低头一看，只见上条戴着一副深色的太阳镜，正抬着头仰望着自己。

“能看到什么吗？”

“什么也看不到。”

就在菜穗子准备从围墙上下去时，只听上条盯着远方说道：“当时你哥哥也经常这样做呢。”

菜穗子停下了脚步。

“我哥哥？他也曾经爬上围墙远眺过？”

“谁知道他都在看些什么？不过在我的印象当中，他似乎并非一个会为了看风景而爬到围墙上去的人。”

“上条先生。”

听到菜穗子如此郑重地说话，上条也露出了严肃的表情。

“上条先生，你是否知道些什么呢……有关我哥哥的死。”

上条夸张地摆了摆手。

“你可别高估了我。我什么也不知道，不过是一个寻常的住客罢了。”

说完，上条再次迈开了脚步。

还没到中午，真琴就回到了旅馆。带回来的战利品是一套关于《鹅妈妈童谣》的书和一脸的倦容。

“根本一点儿线索都没有啊。”

回到房间，真琴望着摊开在桌上的书，喃喃说道。她说的似乎是那套关于《鹅妈妈童谣》的书。

“英国传统童谣不可能会在日本成为专家们研究的对象，而且几乎也没有哪所大学的学生会拿它来做毕业论文的题目。所以根本找不到任何文献。无奈之下，我只好买了套收录了那些儿歌的书回来。即便如此，也是逛了三家书店之后才找到的。”

“辛苦你了。”

菜穗子一边慰劳真琴，一边随手翻了翻那套书。全书分为四卷，译者是谷川俊太郎。

“对了，回来的路上，我在车里发现了一件有趣的事。”

真琴拿起四册书中的一本，翻开书角打过折的一页。那一页上印的正是《伦敦桥》之歌。

“之前太太和我们说过，因为桥多次被冲毁，所以造桥的材料不断升级，所以最后用石头造起了桥，但是这本书上收录的歌词内容却有所不同。这本书上说的是，桥最后是用金子和银子造的，为了避免被盗，人们安排了看守。”

用银和金来造桥，
银和金，银和金，
用银和金来造桥，
我的窈窕淑女。
……
找个守卫来守夜，
来守夜，来守夜，
找个守卫来守夜，

我的窈窕淑女。

……

“是真的呢！太太为什么会弄错呢？”

菜穗子回想起太太提起这首歌时那副充满自信的表情。

“据说《伦敦桥》这首歌有八小节和十二小节的两个版本。太太当时所说的，大概是八小节的那个版本，而且那个版本也比较忠实于史实。然而象征了伦敦桥晦暗而可怕的过去的却是这首十二小节的版本。”

“晦暗而可怕的过去？”

真琴连忙解释说，这事与案件本身之间并没有什么太大的联系。

“据说，以前在进行修桥或者筑城这类困难施工的时候，会借助人柱的力量。”

“人柱？”

“在奠基时埋下活人，以求工事能够顺利完成的仪式，也算是一种驱邪祈福吧。这种事不光在英国，在世界各地都曾有过。”

“活埋？好残忍……”

“在西洋人看来，这种人柱似乎就是派去守桥的守卫。所以，在伦敦桥完工的时候，自然也少不了埋过人柱这种说法，而这首歌所表现的，似乎也正是这类的悲剧。”

“真是首晦暗的童谣啊。”

菜穗子重新念了一遍这首歌的歌词。如果不把它看成暗号，而是逐字逐句地念，歌词之中的神秘感和阴森感便会自然而然地传递到人的内心之中，令人浮想连翩。

“好了，这些题外话暂时撇开不谈了。”

仿佛是在抹除菜穗子内心的感伤一样，真琴合上了书。

“也就是说，在这首《伦敦桥》里，隐含了歌词里未曾出现过的‘填埋’这个词。如果把这首歌当成暗号来解释，会不会就是‘桥下埋着什么东西’的意思呢?”

“或许那些宝石就埋藏在石桥下边呢。”

见菜穗子如此兴致高昂，真琴伸出右手阻拦住她。

“我觉得事情没那么简单。只不过，或许那些宝石的确藏在石桥的附近。”

“啊，对了，我想起来了。”

菜穗子把自己在《伦敦桥》之歌的壁挂上发现的逗号和句号的事告诉了真琴。而公一生前对此尤为关注也引起了真琴的注意。

“原来如此，黑色的种子啊……这其中究竟暗藏了怎样的玄机呢?”

就像那些名侦探常做的那样，真琴用一只手托住下巴，另一只手则环住了托着下巴的那只手。

其后的不到一个小时内，菜穗子和真琴两人一直盯着那套关于《鹅妈妈童谣》的书反复研究，尤以出现在各房间壁挂上的那几首为重点。可她们越看越觉得歌词的怪异之处虽然实在太多，却完全无法找出半点解读暗号的线索来。

“这也是一首似乎有些深意却又让人琢磨不透的歌啊。”

真琴把那首《杰克与吉尔》递到菜穗子眼前说道。

杰克和吉尔上山去打水。
杰克一跤摔破头，
吉尔跟着也跌倒。

“这首歌的由来，据说是北欧的月亮神话中讲述名叫古奇和名叫比尔的孩子上山打水时被月神掳走的一段故事。也曾有人提出过，说上山去打水这一点似乎有些不合常理。”

“‘杰克与吉尔’那间，住的是江波吧。”

“对。说不定还得去亲眼看看才行啊。”

真琴用指尖轻轻敲打着俯瞰图。

“不过我总觉得有点奇怪。”

说着，菜穗子把自己刚才看的那本递到了真琴的眼前。纸上印的正是那首《呆头鹅之歌》。这本书上收录的自然是与《长腿叔叔》结合起来的版本。

“房间壁挂上的歌词为何要故意改回原先的版本呢？如果光从意思来看，我觉得现在这样子也没什么大碍啊？”

“嗯，的确有点奇怪。为了编成暗号，必须用上《呆头鹅之歌》那首歌。但因为那间房间分作上下两层，所以必须用上两首歌。因此，就硬把那首歌分成了两首……你觉得这样的推理如何？”

嘴上虽然这么说，可真琴自己也一脸难以释然的表情。

两人在旅馆里吃了午餐。这天的大厅里空空荡荡，看不到半个人影。其他客人大概是因为不想总被刑警给盯着，可今天连那些刑警也消失了人影。久留美待在柜台后边，大厨则大咧咧地坐在椅子上。

“人世间的事，可真是够讽刺啊。”大厨给两人端来火腿吐司和咖啡，喃喃说道，“这世上的男人和女人多得就跟天上的星星一样，可好男人和好女人就偏生遇不上合适的对象。你们两个好女人成天搅在一起，这世上铁定就会多出两个找不到对象的好男人来。”

“你这话听起来感觉像是在说自己啊。”

久留美两眼盯着杂志说。

“我这身板儿可以顶得上两个人，这样一来人数也就对上了。不过话说回来，这世上还有一件讽刺的事。”

大厨把他那只浑圆的手臂插进裤兜里，掏了一张纸出来。

“旅馆的预约已经满约到明年的二月份了，刚才还有人打电话来订房呢。之前打了那么多的广告全都泥牛入海似的，这下倒好，报上刚登载了那起事故，旅馆的人气就开始直线飙升了。这事儿够不够讽刺？还是说，这是燃烧殆尽前的最后闪光？”

“燃烧殆尽？”

真琴嘴里塞满火腿吐司，抬起头来。

“这旅馆，你们打算停业关门吗？”菜穗子问。

“经理说了，”大厨把那张纸塞回裤兜，“他不想再继续开下去了。我也不想勉强他。”

“累了吧？”久留美说。

“或许吧。”大厨的语气中带着一丝肯定。

“怎么会这样？事情本不该闹到这地步，可它就偏偏变成了现在这副样子。所以呢，结论也就由此产生了：是该收手的时候了。”

“那这里怎么办？”

真琴低声问道。

“干脆拆掉算了。反正也不会有人买。”

“那，经理和大厨也就此分道扬镳了？”

久留美的声音中带着一丝寂寥，然而大厨豪爽地笑了起来。

“我和那家伙是不会分开的。我们俩是一根线上的蚂蚱，就像你们一样。”

说完，他看了菜穗子她们一眼。

“这样的死党也并非没有。这事用道理是讲不通的。哪怕分离开了十万八千里，两人之间也有着唯有彼此才能明白的汇合标志，迟早有一天还会再次走到一起。即便在旁人看来，两个人之间有着许多无法磨合的地方，可一旦走到了一起，两个人之间又会变得无比默契和融洽。”

菜穗子手中的汤匙落到了地上，发出了金属与地面相碰的声音，但她的目光依旧在半空中飘荡。

“你怎么了？菜穗子？”

“嗯？是我说了什么不该说的吗？”

真琴摇了摇菜穗子的肩膀，菜穗子的目光才终于固定在了一点上。

“我明白了，真琴。”

“你明白了？你明白什么了？”

“多谢款待。”

菜穗子站起身，丢下还剩大半的火腿吐司和一口未动的咖啡，匆匆离开了餐桌旁。真琴似乎也大吃了一惊。她冲着呆然望着菜穗子背影远去的大厨和久留美低头行了个礼，连忙追了上去。

回到屋里，菜穗子压抑着自己加速的心跳，翻开了本子。她要找的就是那首《呆头鹅之歌》和《长腿叔叔》之歌。

“有了。”

菜穗子轻轻叫一声，之后她摊开本子，把它放到了桌上。

呆头鹅，呆头鹅，
现在该去哪儿呢？
上了楼，下了楼，
太太的房间瞧一瞧。

唱首长腿叔叔之歌吧，
长腿叔叔，
他却不肯祈祷，
抓住他的左脚，
摔下楼梯完了。

“你这是怎么了啊？菜穗子。”

不知何时，真琴站到了她的身后，探头看着她手里的本子。菜穗子指着本子上的两首歌。

“芝浦夫妇那间房间里，一楼和二楼的歌可以接到一起。那么这意思是不是在说，医生夫妇住构造相同的房间里的歌，也可以这样拼合到一起呢？”

“医生夫妇的房间……你是想把《伦敦桥》和《老鹅妈妈》也拼合到一起？”

“没错。”

“怎么个拼法儿?”

“关键就在句号和逗号的位置上。”

菜穗子在两首歌的句号和逗号上分别打上了标记。“之前我一直在想，是不是单纯把两首歌接到一起就行，但其实并非如此。《呆头鹅之歌》已经告诉了我们结合的办法。其标记就是句号和逗号。在这首歌里，要把第一个逗号前的那句‘唱首长腿叔叔之歌吧，’删掉，然后把剩下的歌词接到《呆头鹅之歌》的后边。”

菜穗子把之前芝浦佐纪子写下的歌词递到了真琴的眼前。

“就是说，用相同的要领把《伦敦桥》和《老鹅妈妈》接到一起吗?”

“估计事情没这么简单，不过还是先来试试吧。”

伦敦桥要倒塌了。
要塌了，要塌了，
伦敦桥要倒塌了，
我的窈窕淑女。
从前有只鹅妈妈，
她每次出门时。
都要骑在鹅背上，
飘忽地飞过天空。

“模仿着《长腿叔叔》，把《老鹅妈妈》里第一个逗号前的歌词‘呆头鹅’全部删掉，之后再把剩下的部分接到《伦敦桥》的后边去……”

菜穗子在本子的空白部分上写下了把两首歌接到一起后的结果：

伦敦桥要倒塌了。
要塌了，要塌了，
伦敦桥要倒塌了，
我的窈窕淑女。
她每次出门时。
都要骑在鹅背上，
飘忽地飞过天空。

“根本搞不懂这到底啥意思啊。”

“等一下……在《呆头鹅之歌》里，结合到一起的两首歌里的第一个句点，全都在最后一句。因此就可以把这两首歌第一个句点后的歌词全都删掉。没错。正因为如此，《伦敦桥》和《老鹅妈妈》这两首歌里，才会在不该出现句点的地方出现了句点。”

“如此一来的话……那不就只各剩一行了吗？”

真琴并排写下了两行文字。

伦敦桥要倒塌了。
她每次出门时。

“这样一来的话，不就能勉强翻译出来了吗？”

“嗯……在她出门的时候，伦敦桥倒塌了……是这样吗？”

真琴的话音刚落，就听菜穗子拍手道：“完全正确。这样就行了。你看，这样不就挺有暗号的感觉了吗？”

“话虽如此……可还是闹不明白究竟啥意思啊？”

“你别着急嘛。”

菜穗子得意洋洋地说。她对自己的推理似乎很有自信。

“之后的歌是《风车》吧？风起风车转，风息风车停。就是这么一首理所当然的歌吧？”

“在这里。”

真琴从《鹅妈妈童谣》的书里找到了那首歌。

风起时，
风车转；
风息时，
风车停。

“莫名其妙，现在该拿这首歌怎样啊？”

“光从其字面上来看，感觉似乎不行。”

“话不是这么说的吧？就像刚才以《呆头鹅》和《长腿叔叔》为标准把《伦敦桥》和《老鹅妈妈》结合到一起那样，以这首歌做参考，或许能再让它变一下形呢。”

“让它再变一下形啊……可句句和逗号似乎没啥问题啊？”

“应该还会有其他线索的。”

菜穗子逐字逐句地看着自己刚才创造出的那句“她每次出门时，伦敦桥要倒塌了”和《风车》的歌词。其中应该隐藏着什么机窍。过了一阵，她的目光停留在了其中的一个单词“当”上，“当……的时候”的意思。

“这个‘当’会不会就是问题的关键呢?”

听菜穗子一说，真琴也表示赞同：“我也正在怀疑。”

“哪句里边都采取了‘当……的时候，做……’的形式。但在《风车》这首歌里，不光说了‘风起时’，同时也说了‘风息时’的事。”

“那咱们就这样子来依葫芦画瓢，重新改写一下刚才的那句话吧?”

“改写?”

“比方说，这样。”

菜穗子在本子上写下了这样一段文字：

“当她出门时，伦敦桥就倒塌；当她不出门时，伦敦桥就不倒塌……是这样吧？感觉挺拗口的。”

“还得再稍微提炼一下。《风车》里用的不是‘不出门’，而是反义词。或许这里也最好这样处理一下。”

“‘出门’的反义词是‘归家’……”

“‘倒塌’的反义词是‘建起’……这里说的是桥，感觉用‘架设’会更好些吧。如此一来，译文就成‘当她归家时，伦敦桥架起’了吧?”

“对，这样感觉要好些！不过话说回来，这里的‘她’说的又是谁呢?”

“《风车》后边是《杰克与吉尔》吧？杰克是男用名，那么吉尔又如何呢?”

真琴看了一眼书本，说：“有说是男的，有说是女的。”

“那这里指的肯定就是‘吉尔’了。”

“这么随便接不会有问题吧？‘杰克与吉尔’那房间与其他房

间可是有段距离啊？”

“可除此之外，就再没有其他房间了啊？‘风车’的对面似乎是休息室……”

“说的也是……”

真琴从椅子上站起身来，抱着手在桌旁踱起了步，不时扭头看看桌上杂乱的笔记，那样子就像是在审核之前的推理是否正确一样。

“真是的，哥哥他究竟是怎么解开的呢？”

菜穗子再也绷不住，抱住了脑袋。之前的解读一路顺畅，结果却在只差最后一步的地方停滞了下来，这实在是让人焦心不已。

“哥哥……”

听到菜穗子的话，真琴停下了脚步。

“公一的信里不是问过‘马利亚何时归家’吗？”

菜穗子缓缓抬起头来，两眼望着真琴。

真琴说道：“‘风车’的对面是休息室吧，那里放着张圆桌……还有，那里的马利亚像……”

两人对望一眼，同时高声叫了起来。

“马利亚归家之时，伦敦桥相接！”

菜穗子飞身冲进卧室，从自己的包里翻出了公一的那张明信片。

“这个‘她’指的是马利亚啊？所以那里才会放着马利亚像！”

真琴低声沉吟：

“所以当时公一才会提了那么个奇怪的问题啊。不过如此一来，也就证明了我们之前的推理并没有错。”

“这下子我们就赶上哥哥当时的解读进度了！现在轮到我们

来调查‘马利亚何时归家’了。”

4

夕阳西斜。

菜穗子和真琴抱着铁铲一口气冲下了积雪的山坡。两人不时看表，时而又抬头看看西边的天空。

与运动健将真琴不同，菜穗子感觉自己的心脏像是快要裂开了一般。汗水渗进眼中，肺部剧痛不已。换作往日，真琴早已劝她“不必勉强自己”了，可今天的真琴却只说了一声“加油”。而菜穗子自己也半点没有歇脚的打算。总而言之，眼下已经没时间了。

晚霞出现时，伦敦桥便会架起。

菜穗子在心中不停地默念着这句缓解痛苦的咒语。

之前发现那首《七星瓢虫》的人是真琴。当时她手拿着书倒吸了一口凉气，之后把书递到了菜穗子的眼前。

七星瓢，七星瓢，
快快飞回家，
屋子着火了，
孩子们都逃了，
只剩下一个了，
就是那个小安了，
她爬到热锅下了。

在西洋，“七星瓢”时常被人们和“窈窕淑女”也就是圣母马利亚联系到一起——解说中就是这样写的。而那句“屋子着火了”，指的就是“火红的天空”——

“这话说的是晚霞啊。”

真琴一脸真挚地望着菜穗子。“这是一首讲述‘夜晚将近，快回山里’的歌。也就是说，马利亚是在傍晚归家的。”

“那时，伦敦桥就会架起？”

“是影子。”真琴喃喃说道，“晚霞时石桥的影子就会延伸。实际的石桥虽然已经断开，可它的影子不是会接到一起的吗？”

“如果在那里开挖的话……啊，不是还有《杰克与吉尔》那首歌吗？”

“杰克上山去打水……歌词里不是这么说的吗？要打水就得挖井，那首歌的意思是不是让我们在那里开挖？”

真琴走进卧室，打开了窗户。今天是个难得的晴天，但此刻，太阳却已西沉。

“走吧。”

真琴牵起了菜穗子的手。“不然的话，下次不知要到何时才能看到晚霞了。”

来到谷底，脚下的路依旧崎岖难行。虽然路上的积雪并不算太厚，但山岩众多，加上天寒地冻，踩在脚下直打滑。但是看到太阳渐渐西沉，两人也顾不得这么多了。

“最近也没怎么下雪，可地上却积了不少雪啊。”

走在菜穗子前头的真琴说。此刻，就连她也开始喘起粗气来了。

“听高濑说，我们到这里来的前一天……似乎下过一场很大的雪。”

菜穗子早已上气不接下气了。

真琴身后的天空已经因为晚霞而变得绯红。两人不由得加快了脚步。

“快看。”

刚爬上一块大石，真琴便指着远处说道。顺着她指的方向看去，只见石桥的影子笔直地落在谷底。正如真琴所预料的，本来断开的石桥的影子，眼看着就将要接到一起了。

“在那里，先到那边去。”

真琴加快了脚步，令菜穗子再难赶上。总之，先让真琴过去找个合适的地方好了。心里这样想着，菜穗子稍稍放慢了脚步。

转眼间，太阳便已挂在了山腰上，当菜穗子来到真琴的身旁时，周围已经渐渐暗了下来。

“你怎么了？”

见真琴呆站在原地盯着脚边，菜穗子开口问道。

“你怎么了？”

当她再次开口发问时，真琴一言不发地指了指脚下。在这片泥水与积雪交混在一起的地面上，唯有那里显露出了黑色的泥土。

“莫非是这里？”

菜穗子看了看真琴，只见她双唇紧抿，点了点头。之后，她说了句“挖吧”，便把铁铲插入了泥土之中。或许是水分较多的缘故，泥土松软，挖起来倒也不算太费劲。

“我也来。”

菜穗子跟着动起了手。虽然泥土中吸收了水分，感觉有些沉，但土中并没什么太大的石块。

挖了一阵，只听泥土中发出了声响，真琴的铁铲似乎碰到了什么东西。菜穗子不由得紧张了起来。

真琴蹲下身去，小心翼翼地掸去了盖在上边的泥土。周围的光线已经变得很暗，菜穗子打开电筒，才看清那是一只破旧的木箱。

“感觉似乎是装橘子用的箱子啊。”

真琴自言自语地说。

“打开看看吧。”

菜穗子说话时，真琴的手已搭在了木箱的盖子上。菜穗子本以为盖子会用钉子钉住，但真琴轻轻一下就打开了箱盖。

“果然不出我所料。”

真琴往箱子里望了一眼，说道。

“不出所料?”菜穗子跟着问了一句，也朝箱子里看了一眼。之后，她轻轻地惊叫了一声。

箱子里空空如也。

“怎么会是空的?”

“答案很简单。”真琴悻悻地说，“有人比我们先到一步，把箱子里的东西拿走了。”

“有可能。”

身后突然传来的声音把菜穗子给吓了一大跳。真琴也立刻站起了身。但等她看清对方的脸后，她再次放松了下来。只见村政警部和中林刑警脚上穿着橡胶长靴，正笨拙地朝这边走来。

“村政警部……你们怎么会在这里?”

矮胖刑警冲一脸惊讶的真琴挥了挥手。

“我们可没有跟踪你们，只是看见你们俩全副武装地出了门，所以跟过来看看。”

说完，他往两人挖的坑里看了一眼。

“是吗？之前已经有人把它挖出来了啊？”

“那个人，就是杀害公一的凶手。”菜穗子加重了语气，“估计公一他当时也解读出了暗号，而凶手为了夺走之前箱里的那些东西，就对他下了毒手。”

警部并没有答话，而是蹲下身，冲坑里望了望。

“这和晚霞有什么关系吗？”

警部蹲着问道。菜穗子回答：“大有关系。晚霞时石桥的影子指明了这处地方。”

“原来如此。”

警部站起身来，在中林耳边小声嘀咕了几句。年轻刑警连连点头，之后便脚步匆匆地开始往回走。

“刑警先生，这样子恐怕不大好吧？”真琴压低嗓门抗议道，“你还打算对我们有所保留吗？”

警部冲着两人微微一笑：“岂敢。我会把一切都告诉你们两位的。要是我没弄错，案件已经解决了。”

第七章 《杰克与吉尔之歌》

1

就像是在等待气氛高涨起来似的，村政警部适时出现在了大厅里。看到这名矮胖男子的身影，大厨准备甩牌的手停在了半空中，睁大的眼睛里带着一丝谄媚。

站在大厅的一角，村政扭动他圆圆的脸庞，目光从众人身上一一扫过。此刻，大厅里聚集了多达十四名客人和工作人员。时间是九点刚过。

几位玩着各自手上游戏的客人发现村政的样子与之前似乎有些许的不同。他就那样站着，冷静的目光投向了每一个人。从他那副镇定自若的态度来看，似乎蕴藏了某种洞察力。

当他的目光投到坐在角落里看杂志的菜穗子身上时，菜穗子也抬起头来，目不转睛地盯着他的瞳孔。两人相互对望了两三秒。菜穗子感觉村政似乎微微点了下头。如果真是如此，自己便会有所回应。但他面无表情地挪开了视线。

“抱歉。”

目光从众人身上划过之后，他那种尖锐高亢的嗓音响了起来。他的嗓音对于吸引众人的目光起到最好的作用。所有人都停下了手上的游戏。

“稍微耽误各位几分钟时间，马上就会结束。”

经理站起身来，粗野地把手里的牌扔到了桌上。

“你们还想怎么样？之前不是已经说好不会再给客人们添麻烦了吗？现在你们怎么出尔反尔？”

“请你先坐下。”村政平静地说，“这是搜查，请你们配合。雾原先生，请你先坐下，听我把话说完。”

换作是往常，经理或许还会再争辩两句，但今天的他却并没有这样做。或许是矮胖男子给人的那份威严影响了他。

村政的目光再次在众人的脸上环绕了一圈。之后，他缓缓开口说道：

“两天前的夜里，大木先生坠崖身亡。经过我们慎重仔细的调查，现已查明，本案是伪装成自杀的杀人案件。”

村政的话简洁有力，就像是在报告搜查结果一样。也正是因为这一点，在座的人一时之间似乎都没能理解他这话的意思。歇了一口气之后，众人所受的冲击才化作一阵喧闹，充斥了整个大厅。

“这不可能。”

第一个反应过来的人还是经理。或许正因为他是第一个发现尸体的人，所以才会感到难以接受。

“不可能吧？”

大厨也跟着说道。直到这时，他的手里依旧紧攥着扑克牌。

村政轻瞟了经理和大厨，微微一笑："不，这是事实。"

"难道说，你们修正了死亡推定时刻？"

医生提出的问题可谓三句不离本行。村政摇头道："不，医生，死亡推定时刻并没有改变。死者死亡的时间，估计就是他的手表停止的时刻，也就是七点四十五分。"

"那就应该是事故。"大厨说。

"不，是谋杀。"警部淡淡地说，"凶手设下了一场精心的骗局。"

"莫非是种不必凶手亲自出马就能把人推落山崖的手法？"

"没错。"

大厨"哼"了一声："说的就跟变魔术似的。"

"对，"村政再次说道，"的确很像变魔术。接下来，我就来给各位说一说这魔术是怎么变的吧。"

他说话的时候，菜穗子和真琴并没有看他。她们的目光一直集中在另一个人的身上，观察着那个人的反应。警部讲述起了杀人的手法，也就是凶手偷梁换柱把新木板换成旧木板的事。这时候，菜穗子她们发现，那个人的表情发生了明显的变化。

解释过杀人手法之后，警部的目光再次从众人脸上掠过，一脸自信地问道："众位有什么疑问吗？"

"说句实在话，这手法并非是我们看破的。这是众位中的某位告知了我们的。从这层意义上来说，凶手的这场计划可谓全盘失败。"

村政踱起步来。众人全都缄口不言，寂静之中，只有村政的脚步声奏响着奇妙的旋律。

"至于凶手是谁，我们心里也早已有数。之所以这么说，也是因为凶手本人与这手法谓休戚与共。”

“休戚与共?”

经理反问。

“没错。听我讲述过这手法之后，我想先问一问各位的感想。一般情况下，估计大部分人都会开始猜测，这事究竟是谁干出来的呢？但相反也会有人猜想：到底是谁想出了这种杀人手法的?”

“一针见血。”上条赞道。

“承蒙夸奖。”警部轻轻点了下头。

“估计任何人都能想得到，如果把那块大木先生用来垫脚过桥的木板换成朽木，朽木可能会在中途断裂，而大木先生也会坠崖身亡。但实际动手行凶的话，情况又会如何呢？即便换过木板，木板也有可能不会断裂开。再或者，大木可能会在过桥之前便发现木板朽坏。如果在木板上动手脚，之后更有可能会被警方发现。到头来，凶手就必须得选用一块从外观上不易让人看出有什么问题但是又的确无法支撑一个人的体重的木板来。现在的问题就是，在这些人当中，有谁能在这种事上做出正确的选择和判断呢?”

众人全都倒吸了一口凉气。菜穗子回想起自己头一次听村政说起这事时所感觉到的那种冲击。村政在听她们说起这事后，心中立刻便产生了这样的疑问。而真琴当时的反应，却只是一句：“村政先生不愧是干这行的专家啊。”

警部口齿含糊地接着说道：“如此一来，最大的嫌疑人究竟又是谁呢?”

“请你稍等一下。”经理连叫带嚷地站起了身来，“听你这话的意思，感觉就像在说，凶手就是我啊?”

村政不温不火地看了经理一眼。“哦？是吗？”

“本来就是。这家旅馆里的许多家具和用品都是我亲手制作的，对于木材的质量与强度，我也多少有些了解。照你刚才的那种说法，我不就成了最大的嫌疑人了吗？”

“要这么说的话，那我也一样啊，经理。”

大厅的角落里传来了说话声。在众人的注目之下，高濑站起了身来。

“我也曾帮着经理做了不少事，我对库存木材的情况也知道得颇为详尽。因此，我也成了嫌疑人了啊？”

“我和他们的情况可不一样。”大厨说，“我除了饭菜和料理之外，啥都不管。说得难听点儿，我连锯子都不会用。”

“我会用。”

也不知到底是怎么想的，医生太太抬起了手。坐在她身旁的丈夫连忙把她的手拉低。整个场面的气氛也因此有一些缓和。

村政苦笑着抬起手，比了个让众人安静一下的手势。

“大伙儿没必要都来争当嫌疑人候补。凶手还是由我们来指明好了。现在，我有个问题想请众位思考一下。大木他为什么甘愿冒着生命危险也要过桥呢？高濑先生，你对此有什么想法呢？”

高濑的表情就像是突然间被老师当堂提问的学生一样，一脸的狼狈。但有关这问题，之前他也曾和菜穗子她们商讨过。

“估计他是有什么事，要到桥对面去一趟吧？”

高濑的回答与上次和菜穗子她们讨论时完全一样。村政说了句“完全正确”，之后再次看了看众人。

“只说有事的话，感觉似乎也太过笼统。他到底要上哪儿去？去干什么？后来，我们对大木的尸体进行了更为详细的调查，发现他身上穿的那件滑雪夹克的肘部沾有一些黑色的痕迹。化验分析之后，我们得知那些黑色痕迹是碳粉，也就是所谓的煤。此外，在他的登山鞋上，我们也发现了少量相同的碳粉。可是，就我们所调查到的情况来看，旅馆的周围似乎并没有这类东西。于是，我们就把目光投向了后山……”

说到这里，他冲着高濑微微一笑。

“之后，我们便发现了那间烧炭小屋。只需稍加观察就能发现，那间小屋最近曾有人出入过，而死者尸体上的煤的成分，也和小屋里的完全相同。”

“烧炭小屋？还有那种东西？”

医生的问题也不知是向谁提的。

经理回答道：“那是很久以前的屋子了。如今不但早已停止使用，恐怕连去的人都很少。”

“可大木当时肯定是有事才过去的。如此一来的话，派对那天的夜里，估计过桥后他要去的地方，也就是那间烧炭小屋了吧。”

“去干吗？”

听到医生的问题，大厨插嘴答了一句：“反正不会是去烧炭。”

“会不会是去见什么人？”

和丈夫芝浦时雄一起坐在角落里的佐纪子突然提出了自己的意见。看到众人的目光都投到了妻子身上，芝浦用手肘轻轻捅了捅她：“别随口瞎说，现在可不是闹着玩儿的时候。”

“不，你说得对，太太。”

村政稍稍抬起头来，看了佐纪子一眼。

“我们也曾猜测过，当时他过桥去的目的是为了去见某个人。

而且还得对众人保密。我们认为，当时他要去见的这个人，很可能就是凶手。因为，凶手若想使用刚才那手法来杀害大木，就必须预先断定大木会在那个时候用木板过桥。那么，凶手又是怎样察知这一点的呢？其原因就在于，约大木过去的人，就是凶手。”

“稍等一下。”

医生抬起手，打断了警部连珠炮似的讲述。之后，他抬起头，若有所思地盯着天花板看了一阵，闭上眼喃喃地说道：

“大木君之前曾经去过那间烧炭小屋。而在他第二次去时，便坠桥身亡了。第二次去时，他是为了去见某个人，而那个人就是凶手。如此一来，在他第一次到小屋去时，很可能曾遇到过凶手啊？”

“说得没错。”

村政一脸深得我心似的表情，重重地点了点头。

“不管其目的是什么，我们都认为，凶手和大木都曾在烧炭小屋见过几次面。而且用木板过桥这一点，也是大木和凶手之间的共识。在此基础上展开搜查，又通过刚才提到的对木材的选择，我们认定，在这些人当中，凶手只可能是那个人。”

村政背起双手，在众人的面前缓缓踱起了步。他沉默了片刻，目光在屋中来回扫过，观察着众人的反应。众人全都闭口不言，静静地看着他。

过了一阵，脚步声戛然而止。村政颇为自然地抬起手来，指着众人当中的一个。而那个人，正是菜穗子她们一直在观察的那人。

“凶手就是你，江波先生。”

从警部抬手指出凶手，到江波有所反应，中间间隔了短短一阵空白的时间。这时候，所有人的目光，全都聚集到了矮胖男子和江波的身上，甚至连大厨也放下了手里的牌。

江波手里玩弄着扑克筹码，发出了轻微的声响。声响停止的同时，江波开口说道：

“为什么说是我？”

虽然脸色铁青，但江波的声音却依旧镇定自若。菜穗子感觉这或许是他的最后一道防线。

“还问为什么？因为凶手只可能是你。”

村政露出了一脸游刃有余的表情，仿佛早已习惯了这样的场面。之后，他再次缓缓踱起了步。

“我们已经调查过你在公司里负责的工作，你是研究建筑材料的，因此，你在日式住宅的重要材料——木材方面，完全可以说得上是位专家。”

听过村政的讲述，江波的眼眸中掠过了一丝狼狈。为了掩饰内心的慌张，江波闭上眼睛，张开薄薄的嘴唇，用平淡却又意味深长的语调说道：“的确，如果光从这方面来看，我的嫌疑的确要比任何人都大。”

歇了口气之后，江波又提高了嗓门：“但是，如果问题只是被虫啃噬过的木材的强度，那么只要是稍有经验的人都能看得出来。之前经理和高濑也曾说过，他们能看得出来。不，相对于我这个只知道纸上谈兵的人而言，或许还是他们这些实际动过手的人的经验更加丰富。”

江波的话虽然惹来了经理和高濑的怒目而视，但两人最终还是什么也没说，因为刚才他们俩确实承认过这一点。

村政的表情没有半点变化，嘴角依旧带着那种淡淡的笑意。

“这一点倒是没错，那么我们不妨来换一种思维方式。众位觉得凶手究竟是在何时调换木板的呢？”

江波并没有理会警部的问题，一脸事不关己的表情。

村政故意露出一副吃惊的表情说道：

“明显不会是白天。若是换得太早，只要大木事先去一趟石桥边，就会发现木板已经被人偷换了。如果把这些情况也考虑在内的话，那么调换木板的时间就会大大地受到限制。也就是说，如果不是那天夜里的派对开始之前，就是开始之后。而刚才江波先生提到的雾原先生和高濑先生两人，在派对开始前后一直都很忙，根本没时间离开旅馆。如此一来，只需使用一下排除法，我们便可以得出答案来了。”

“所以你们就找上了我？可其他的客人也可能会故意隐瞒，明明很懂木材却又偏偏装作不懂啊？你们准备用这种模棱两可的猜测来做证据吗？”

江波撇了撇嘴，感觉就像是在揶揄村政一样，但手里玩弄扑克筹码时的慌张动作却泄露出了他此刻的内心。

“你曾经去过那间烧炭小屋吧？”

村政突然提起了一件看似与此完全无关的事。不光江波吃了一惊，周围的观众似乎也被这话问了个措手不及。村政把两手撑在江波面前的桌上，盯着他的脸看了起来。“你去过吧？那间烧炭小屋。”

江波用鼻孔重重出了口气：“什么嘛，突然提这些事……”

“就是刚才提到的那间烧炭小屋。你去过吧？”

“那种地方，我可没去过。”

“没去过？那可就奇怪了。”

村政用手指了指玄关：“玄关旁鞋柜里那双白底红条纹的防

雪靴，是江波先生你的吧？鞋码好像是二十五码半。”

江波的目光开始闪烁起来：“……是又怎样？”

“嗯，看起来挺脏的呢，那双鞋。我们曾经拿那双鞋的污垢去采样分析过。”

“你们怎么可以随便乱动别人的东西。”

“我们调查过所有人的鞋，这是我们的工作。”

矮胖男子仿佛是在向江波挑衅一样，故意慢条斯理地说。

“污渍、垃圾这类东西，对搜查而言是很重要的。接着往下说。经过我们对你那双二十五码半的鞋上的污渍进行采样分析之后，发现了少量的煤灰。所以我们就想，你究竟是在哪儿沾上那东西的呢？”

江波被对方杀了个措手不及似的，一时间无言以对。村政也沉默了下来。沉闷的气氛在大厅中积淀，最终打破这沉默的是一阵哔哔哔的电子表报时音。见到众人全都扭头望着自己，芝浦连忙脱下手表，按停了报时音。

江波趁机开口说道：

“说起来，我之前可能去过那边。那就是你们说的烧炭小屋啊？抱歉，我一直把那里误当成是杂物间了。”

“那就是说，你承认你曾经去过那间烧炭小屋了？”

“如果我去的那间杂物间是叫这名字的话，那我去过。”

“你上那里去干吗？”

“也不是去干吗，只是在散步时偶然发现罢了，之后便出于好奇，进去看了一圈。我说的是实话。”

“是什么时候的事？”

“我记不清了。”

“之后你就在那里遇见了大木？”

“没这回事。”

江波重重地拍了下桌子，吓得桌边的几个人身子一震。

“我不过只是在散步的时候好奇心起，跑过去看了一眼罢了。只因为鞋上的一点污渍，就把我当凶手来看待的话，我是不会任由你们摆布的。”

江波重新坐回椅子上，调整了姿态。村政在他身旁自言自语似地小声嘀咕道：

“那你们莫非不是在烧炭小屋里见面？”

“你说什么？”

江波恶狠狠地反问。

“没什么。我是在想，如果你们不是在烧炭小屋见面，那又会在哪儿见面呢？当时你们是在哪儿见面的？”

村政反问道。这样的问题让在一旁旁观的众人完全猜不出其目的究竟何在。

“净说废话。我没遇到过他。”

“哦？那么，那天夜里你们两个为何要一起出去呢？”

“你说我和大木两人一起出去过？”

江波耸了耸肩，想说村政根本就是在胡扯。但任何人都能听得出来，他的声音已经开始颤抖了。

“我说的是大木死去的头天夜里。”

警部装模作样地掏出警察手册来，一边翻看一边说道：“你们在这里一直玩到十一点多，之后就各自回房睡觉去了，但你和大木后来又偷偷地溜出了旅馆。据我们猜测，当时你们溜出去的原因，就是为了在烧炭小屋见面。正是因为当时大木是用那块木板过的桥，所以第二天的夜里，他才会做出相同的举动来。可你却说你没在小屋见过他。那么请你告诉我，你为什么要偷偷地溜出旅馆呢?”

江波吃了一惊，挑起眉毛，翻着眼睛，牛头不对马嘴地回了一句“这不可能”。

村政深吸一口气，向他投去了犀利的目光。那目光仿佛宣告着总攻开始。

“你这表情似乎是在说，应该没人看到你才对，是吧？但不巧的是，那天夜里偏生有人看到了你和大木的身影。那人记得，一开始的时候是你先从后门进的旅馆，过了一阵之后，大木才回来。好了，请你告诉我吧。你和大木当时到底是干吗去了?”

村政的这番话把一旁的菜穗子给吓了一跳。之前她的确曾对村政说过，那天夜里大木似乎曾经出去过，而且当时似乎还有另一个人。可她并不知道，那个人竟然就是江波。就在这时，只听身旁的真琴低声说道：“挺会唬人的啊。”

然而村政的话却立刻收到了效果。江波脸上的血色渐渐退去，脸色顿时变得煞白。面对“大半夜里和大木出去干吗”这问题，聪明如他，一时间似乎也不知该如何回答才好。

“请你告诉我吧。”

警部重复了一遍。江波既然没有反驳，那么就等同于默认了村政的话。警部乘胜追击。

江波反问道：

“动机是什么?”

江波从其他方面展开了防御。对他而言，要先弄清对方手上有些什么棋子，然后再从微小的破绽中找出突破口。

“我承认，那天夜里我的确见过大木，而地点也就是你说的那间烧炭小屋。而你们推理说大木第二天夜里从派对里溜出去之后是打算到烧炭小屋去，这一点也可以说是有些道理。但仅凭这些，你们是不足以认定我是凶手的。我为什么非要杀他不可？只要你们无法把这一点给解释清楚，我就什么都不会说。”

“既然如此，那我们就再换一个话题吧。”

村政的语调缓慢而有力，与江波飞快的语调形成了鲜明对比。他的那副模样不禁让人联想起逗弄垂死挣扎的猎物时的老猃猎人。

“派对的前一天，也就是你夜会大木的那天傍晚，当时你在什么地方?”

“派对的前一天?”

“也就是三天前。”村政补充道，“三天前的傍晚。”

村政一直在强调“傍晚”。即便坐在远处，菜穗子也能看出这个词大大地刺激到了江波。

“这……有什么问题吗?”

“请你回答我的问题。”听到江波开始有些结巴，村政乘胜追击，“这是在调查你的不在场证明，请你回答。”

“我在问你那时是不是发生了什么事！如果你不告诉我，我就没有义务回答你。”

江波两眼瞪着警部，而警部也同样瞪视着江波。两人都陷入了沉默，拼命想要摸清对方接下来要出的招数。

“没办法了。”村政静静地说道，“原本我以为你会干脆地投子认输，但看来是我的想法过于天真了。既然如此，那我只好找个强援来助阵了。”

“强援？”

经理问道。

之前一直低着头的几位客人也抬起了头来。

村政挺起胸膛，两眼直视着菜穗子她们。

“原菜穗子小姐，请你来说两句吧。”

2

在所有的谜团全部解开时，菜穗子她们就曾说过一切全都交给村政来办，而且她们并非侦探，不过只是证人罢了。村政也说，他打算今晚当着众人的面把事情说开，还说这种事宜早不宜迟。

“有关这件事，我有个请求。”

村政难得地露出了一脸略显怯懦的表情。因为之前从未见他露出过这种样子，菜穗子她们不由得吃了一惊。只听村政稍显犹豫地说：

“你为了原公一先生的事展开过的调查和调查后得到的结果，这些事或许会请你自己来讲述。这样做的目的，并非是为了获得更好的演出效果，而是这样一来就能增加紧迫感，从而在心理上给凶手以更沉重的打击。”

“哎？可这事既然这么重要……”

“正是因为重要，所以才必须由你出面。还有……”警部狡猾地眯起了眼睛，“就算由你出面来讲述，功劳也是我的。”

“可是……”

“拜托了。”

见他冲自己低下了头，菜穗子也只好答应。从那时候起，她就一直紧张得全身发抖，直到此刻都没有停歇。不过之后真琴也在她的耳边低语，告诉她说“这不挺好的吗？你就当作是在祭奠你哥吧”，这话让她振作了不少。

祭奠……

这句话直到现在依旧让菜穗子的心中觉得有些发热。而即将迎来高潮的紧张感，正在渐渐地包裹住她的全身。

在所有人的注目之下，菜穗子缓缓站起了身。紧张的气氛支配了整个大厅。这样的氛围对她自己而言是一种重压，对凶手而言应该也不会轻松。“大伙儿之中的大部分，想必都知道我哥哥曾经调查过《鹅妈妈童谣》咒语的意思。而我们也一直对哥哥他为何会对咒语如此执着这一点颇感兴趣。经过多方查询，我们认为，这件事与两年前川崎一夫的死有一定的关联。”

菜穗子简要地把真琴从大厨那里打听到的有关川崎一夫之死的情况告诉了众人。对她的每一句话，客人都表现出了不同的反应，而当她说到川崎当时身携价值数千万的宝石来到旅馆，且在其死后那些宝石至今未有人发现这一点时，整个大厅就像是炸开了锅一样。讲述时，菜穗子不时将目光投向大厨，只见他抱着双臂，一脸复杂的表情，眼睛一直盯着半空中。

“哥哥他当时认为，川崎把那些宝石埋在了咒语所示的地方，所以才会对解读咒语颇为热心。我们也认为，若想得知哥哥死去的秘密，同样要对咒语发起挑战，对它进行解读才行。”

“那……你们解开了吗？”

医生探出了上半身。菜穗子表情压抑地看了他一眼，用宣言般的僵硬语调说道：“解开了。”

客人们再次骚动了起来。然而听到菜穗子接下来的话之后，众人又立刻闭上了嘴，将目光投到了她的身上。

“暗号复杂而费解，我们之所以能够将它解开，全都是因为循着哥哥当时的足迹向前。详细的情况我就省略不提了，只要依照一定的顺序来解读各房间壁挂上的歌词，最后就能得出这样一句话来：晚霞出现时，伦敦桥便会相接——而有关伦敦桥这首歌，相传其桥下埋藏有许多东西。从这些情况之中，我们判断，晚霞出现时，旅馆背后的石桥之影便会相交，只需在那里挖掘一下就行。”

有人吹响了口哨，是上条。他用滑稽的动作轻轻举起了右掌。

“真没想到其中竟然隐含了这么句话呢。我可是从很久之前就开始对这一点感到头痛不已了呢。那么后来你们挖过那地方了没有？”

“挖过了。”

“发现宝石了吗？”

中村问道。他的眼珠子已经变了色。沐浴在这种好奇的目光之中，菜穗子镇定地说道：“没有。”

好奇的神色就仿佛退潮的海水一般消失不见，之后众人的脸上又换上了一副失望的表情。

“没有？”医生问。

“对。”菜穗子斩钉截铁地说，“泥土里埋着一只木箱，但箱子里是空的。”

“哈哈，”上条笑道，“那就是有人捷足先登了啊？”

“应该是吧。”

“那么，问题就在于，这人是谁？”

村政开口接了话，众人的目光再次回到了矮胖男子的身上。

“有人在原小姐她们之前挖走了那些价值数千万的宝石。这人究竟是谁？想来这人必定和这次的案件有所关联。正因为如此，我才会问你，三天前的傍晚，你在什么地方？”

村政的目光投向了江波。之前江波一直紧咬着嘴唇，聆听着菜穗子的话。

“你的意思是说，是我挖走了那些宝石？”

江波惊讶地睁大了眼睛，感觉就像对方根本是在无事生非。然而警部并没有回答，而是重复了一遍自己的问题：

“当时你在什么地方？”

“当时我在散步，刑警先生。”

江波回答道。

之后，他又冷冷地接着说道：“不过我没法证明这一点。如果要讨论这问题的话，我也不清楚这里的人又有几个人能证明自己三天前的傍晚在干什么。”

村政仿佛早已预料到他会来这一手，丝毫不为所动。

“的确，无法证明三天前的傍晚自己身在何处的人并非只有你一个。这种事很常见，也不能只因为这一点就对你特别‘关照’。但如果就只有你一个人无法证明的话，情况又会如何呢？如此一来，应该就能证明挖走宝石的人就是你了吧？”

江波一脸难以置信的表情，翻起了眼睛。对方的反应越是明显，村政的语调就越发地沉稳。

“你对此感到吃惊也是情有可原的，但这就是事实。接下来我就来说明一下，让你彻底服气吧。”

村政指了指大厅的深处。那里坐着中村和古川。

“因为中村和古川两位是两天前才到这里来的，所以这件事与他们两位完全无关。出于同样的理由，芝浦夫妇也可以排除在外。我想这一点江波先生你也不会有什么反对意见吧？接下来说一说其他的客人。首先是上条先生和益田医生，所有人都知道，他们两位在晚饭前都必定要下上两局的。因此，这事与他们两位无关。”

听到警部认可了自己的不在场证明，上条露出了他那口钢琴键盘似的牙齿，微微一笑：“这还是我开始和医生下棋之后遇上的头一桩好事呢。”

医生搭腔道：“你可得好好谢我啊。”

“太太的行踪却有些不明……”

听警部这么一说，太太立刻尖声叫嚷了起来：“当时我在房间里画画，我可没撒谎。”

“别急。”警部比了个安抚太太的动作。

“就算没法证明太太人在何处，但很明显，她是没力气干挖掘这类体力活的，所以她也没有任何问题。”

尽管太太对他的这种说法似乎有些不满，但眼下也不好再多说些什么。

“剩下的就是几位旅馆的工作人员了，我听说每到傍晚准备晚餐时，他们都会忙得不可开交，根本就抽不开身来。估计实际情况也的确如此。虽然时间不长，但我也曾在此叨扰过，对他们的辛苦深有体会。好了，江波先生，现在就只剩下你一个人了。”

江波用手擦拭了一下脸上的汗，舌头不停地舔舐着嘴唇，表现出了内心中的极度紧张。但尽管如此，他也并未作出丝毫的让步。

“的确，三天前的傍晚，或许我的确没有不在场证明。但你又凭什么肯定那些宝石是在那一晚被人给挖走的呢？既可能是昨天也可能是前天，同样也可能是两天前。不，甚至有可能是在三天前之前就让人给挖走了的啊？”

“江波先生，我们既然断定宝石是在三天前被人挖走的，那么我们手里自然拥有这么说的根据。原菜穗子小姐她们是在刚才才挖出那只空箱子来的，而最近两三天里一直都阴天，根本就看不到晚霞。最近几天里，只有三天前曾出现过晚霞。我这么说的话，估计你又会反问我，那在这之前的情况又如何？那么我告诉你，在这之前，这里连日大雪，积雪加厚了不少。但挖掘现场的附近并没有多少积雪。也就是说，宝石只可能是在三天前的傍晚被人挖走的。”

这段推理是村政警部自己得出的结论。他们在菜穗子两人挖出箱子之后便出现在现场，指出有人抢先一步挖走了宝石，只看了一眼，就从现场状况中得出了这样的推论。真琴当时还贴在菜穗子耳旁，说了句“他们果然不是白拿税金吃饭的”。

然而江波并未就此屈服。

“精彩。不过你难道不觉得这其中有些问题吗？对，我是没有不在场证明，可是还有一个人同样没有不在场证明啊？这个人就是大木。你可别告诉我说，死掉的人就可以不再讨论了哦。”

菜穗子和真琴对望了一眼。这样的反驳与预期的太过接近，而江波本人也像预期的一样越陷越深。

“你的话，与我所预想的完全一样啊？江波先生。”

村政也说出了同样的话。

“正如你所说的，大木当时的行踪也不甚明确。事到如今，我们也没法从他本人的口中打听这一点了。但那天大木回到旅馆后，立刻便出现在了大厅里，而且很多人都还记得，那天他一身轻装，上身毛衣下身休闲裤。从他的打扮来看，感觉并不像是曾经去挖过什么东西的样子。与他相较，你那天回到旅馆后便立刻去泡了澡。我们把你当时的举动认定为因挖掘工作而全身沾满了污渍所致，你觉得这样的解释是否合理？”

江波沉默不语。

村政接着说道：

“这里我还得插上一句。这事是在那天吃过晚饭后大木在打牌的时候提起的。据益田太太说，当时他曾经说过，他那天看到乌鸦在啄食其他乌鸦的尸体。当时众人觉得这事有些令人毛骨悚然，因此便就此打住了，但仔细想想的话，这附近似乎没有什么乌鸦的吧？那么，大木他当时到底想说些什么呢？据我推测，或许是他看到了你挖掘宝石的一幕，于是便故意讽刺挖苦了你几句。”

江波猛地一拍桌子。

“所以你就说是我杀了他？”

“不，并不是因为你被他看到而杀他。杀人的动机，大概是因为大木向你提出了封口费的要求。烧炭小屋中的会面，或许为的就是这事。而第二天的派对上，他中途便离开旅馆上小屋去的理由，大概就是为了收封口费吧？”

村政的话直指核心。江波猛地站起身来，说了声“开什么玩笑”。

“你这纯粹是一派胡言，刑警先生。你这样说，究竟有什么证据？我是在四天前才到这旅馆来的，而照你的说法，我到这里的第二天就去挖那些宝石了？我虽然也不是很清楚，但你说的那什么暗号，难道是在这么短的时间里就能解读出来的吗？”

“不能。”

听菜穗子如此说道，江波的脸上掠过了一丝畏惧的神色。

“暗号不是那么轻易就能解开的，所以解开暗号的人并不是你。解开它的人是我哥哥。你为了抢夺他的解读成果而下手杀了他。”

3

过了好一阵，江波才厉声呼喝了起来：

“开什么鬼玩笑？我怎么可能杀得了你哥哥？”

“你能。不，应该说是只有你才能杀他。”

“有意思，那就麻烦你给说说我是怎么杀他的。想来那个密室之谜，你也已经解开了吧？”

菜穗子直视着江波的眼睛说：“解开了。”

她的目光在大厅里环绕了一圈，之后她冲着从刚才起就一直闭口不言观望着势头的高濑说道。

“当时最先到哥哥房间去的人，是江波先生和高濑先生吧？”

这突如其来的问题虽然让高濑有些疑惑，但他还是明确地点了点头。

“当时卧室的门和窗户都牢牢地锁着，是吧？”

“是的。”高濑说。

江波冷冷地说：“既然如此，那么在那之后，我也就不可能进入卧室了。”

菜穗子没有理会他的话，继续说道：

“过了大约三十分钟后，再次过去的时候，发现入口的房门也上了锁，是吧？”

“是的。”高濑点了点头。

“那么，当时窗户的情况又如何呢？”

“哎？”

高濑大张着嘴，像是没听懂她的问话一样。

江波在一旁插嘴道：“说什么呢？肯定是锁着的嘛。”

“没人问你。”

真琴的话丝毫不留情面。

江波脸上的肌肉不自然地抽动了一下。

“情况如何？”

菜穗子再次问道。高濑的目光在半空中游荡了一阵，之后他回答道。

“当时我们似乎没去确认窗户的状况。”

“可窗户肯定是锁着的呀？”

医生一脸不解地向着菜穗子说道，“难道不是吗？既然当时无法进入卧室，那扇只能从屋里打开的窗户又怎么可能会开着呢？”

“但也有可能是公一他自己打开的啊？”

芝浦在一旁发表了自己的意见。芝浦的妻子佐纪子也跟着点了点头。

“原来如此。也就是说，当时公一他还没死？”

“不，当时哥哥他已经死了。”

医生刚想对芝浦的意见表示赞同，就遭到了菜穗子的否定。

“在高濑他们第一次敲响卧室的房门时，我哥哥他就已经死了。哥哥他平时睡眠很浅，只要有人敲门，就肯定会醒。”

“那么，窗户的锁肯定是锁着的。”医生说。然而菜穗子却说了一句“这事暂时先放一放”打断了他的话，之后再次望着高濑。

“其后，在你们第三次去哥哥的房间时，先用备用钥匙打开了外边的房门，之后又打开了卧室的门锁，是吧？”

“是的。”

“当时窗户是锁着的吧？”

“锁着。”

“谢谢。”

菜穗子冲着高濑低头致谢，之后再次转向江波。

“在高濑第二次去哥哥的房间时，窗户其实并没有上锁。而在高濑第三次去之前，你从后门出了旅馆，由窗户潜入房间，锁上窗户后，又穿过卧室进了起居室。当然了，当时你锁上了卧室的门锁。而在高濑进入房间之前，你躲藏到了起居室里的长椅背后。在高濑进入卧室时，你就逃离了房间。”

“可窗户的锁……”

菜穗子冲着依旧感到不解的医生说道：

“窗户的锁只能从屋里才能打开，这一点的确是事实。而江波当时也在屋外。如此一来，其答案也就只有一个了。在高濑和江波敲响卧室的房门时，卧室里有人，但这个人指的并非我哥哥。”

客人们出现了明显的动摇情绪，每个人的视线都投向其他的人，而当彼此之间的目光相撞时，又赶忙低下头去。

“没错。这件案子中存在共犯。如果没有发现这一点，那么这案子也就无法得到完美的解决。”

菜穗子缓步上前。

众人的目光化作一股炽热的能量，向她袭来。沐浴着众人的目光，菜穗子迈着微微发颤的脚步走上前去。

“而那个共犯就是你。”

强忍着令人心悸的紧张，她用手指了指众人中的一个。

那个人装出一副未曾发现菜穗子指的是自己的表情，但过了一阵，那人还是缓缓抬起了头，盯着菜穗子的脸。

菜穗子重复了一遍：

“共犯就是你，久留美小姐。”

4

久留美目光空虚，感觉就像还没醒过来一样。从她那张毫无表情的脸上来看，她似乎根本没把菜穗子的话听进耳中。

“我就从一开始来说明吧。”

菜穗子把目光从久留美的脸上挪了开来，抬起头来冲着其他的客人说道。

“哥哥他当时已经解开了暗号。而江波和久留美在得知了这件事之后，为了把解读的结果弄到手，将宝石据为己有，他们毒杀了我哥哥。但如果仅是如此的话，他们或许就会遭到警方的怀疑。因此，当时久留美先留在卧室里，把门窗锁上之后，由江波出面，邀约高濑来叫哥哥。之所以要邀约高濑，其目的自然就在于确保第三者的证词。为了证明当时卧室是间彻头彻尾的密室，江波还带着高濑到窗外察看了一番。现在来讲的话，敲过门后不见有动静，就又跑到窗外去察看，这样的举动实在是让人感觉有些奇怪。在让高濑留下深刻印象认定当时卧室是间密室之后，久留美便从卧室里开门进入起居室，锁上了房间入口处的门锁。其后，她自己再从窗户逃离房间。看到久留美回到旅馆，江波指示高濑，再次前去叫我哥哥。这是为了让他记住当时房间入口的房门已经锁上了。之后就是第三次来叫我哥哥了。就像刚才所讲的那样，江波当时从开着的窗户里进入卧室，锁好窗户和卧室的门，藏身到长椅背后。而这时久留美就去找高濑商量，说情形似乎有些不大对劲，哪怕启用备用钥匙，也要进屋去看看情况……”

大厅里有几个人惊讶地张开了嘴。他们对久留美当时说的这句话全都记忆犹新。

“当时是高濑先进房间，之后又进了卧室。趁着这时候，江波从长椅后边出来，房门入口处有久留美替他把风，所以不必担心被任何人看到。之后，她再装出一副毫不知情的样子，等着高濑发现哥哥的尸体后从卧室里出来。那么，实际上当时的情况又如何呢？高濑先生，在你从卧室里出来后，最先遇见的人是谁呢？”

高濑目光茫然地盯着自己的双手想了好一阵，之后只听他倒吸了一口气。

“对……当时卧室外边的人，就是江波和久留美……”

啪嗒一声，只见江波仿佛一只断了线的操线人偶一样，单膝跪在了地板上。而久留美则面无表情。那样子既像是茫然若失，又像是彻底放弃了抵抗。

“江波先生，当时你曾犯下了两个错误，所以我们才得以解开那个密室手法。”

之前一直沉默不语的真琴这时候用板上钉钉一样肯定的语气静静说道：

“第一个失误就是你跟我们说，你觉得那个密室有些蹊跷。当时你提出是否存在有从屋外打开窗户的方法。现在回想一下，你的那番助言其目的就是为了误导我们的推理。而当时我们也的确让你的那通话彻底误导，一心只想着从机械原理的角度来解开那个密室之谜。但是，从结果上来说，你当时犯下的这个失误反而要了你的命。在我们从各种状况展开分析全都认定你很可疑的时候，你为何要替我们出主意呢？其结果是，我们产生了其实完全不必拘泥于窗锁的逆向思维。”

说到这里，真琴停顿了一下，观察了一下对方的反应。见江波一言不发，她又继续说道：

“第二个失误，就是你告诉我们公一死的那天夜里你在下十五子棋。那天夜里你是不可能一直和人一起打扑克的。因为如果你参加了几个人一起才能玩的扑克，那就没法在中途溜出来了。当时你必须看准时机，在适当的时候溜出旅馆。但这件事也实在太过奇怪了。之前一直想打牌，甚至还为此跑去叫公一的你为何会转而去下十五子棋呢？而且当时陪你下棋的人还是久留美。”

真琴的话给江波带来的打击甚至超乎了她自己的预想。只见江波双膝跪地，脑袋彻底无力地耷拉着。

“对不起，江波先生。”

直到这时，久留美才开口说了第一句话。她的声音听起来就像是发了高烧般有气无力，而起身后向着江波走去的步伐也如同病人一般蹒跚欲倒。她走到江波的身旁，蹲下身去抱住他的双肩。

“这事不能怪她。”

江波消瘦的背影不住地摇晃，传出他有气无力的声音。

“她只是受我所托罢了。这一切全都是我一手策划的。”

“江波先生……”

久留美的背影也开始微微地颤抖起来，大部分人都不忍再看，侧过脸去。

“村政警部。”

医生一脸痛苦地扭头望着警部。

“现在整件案子已经解决，我们这些人也没必要再留在这里了。如果可以的话，我们想先回房去了。”

在菜穗子听来，他的这句话里仿佛有种怜悯他们这两个常年在一起的同伴，不忍目睹他们这种惨状的感觉。甚至就连背负着杀兄之仇的菜穗子自己，都不禁有种悲由心生的感觉。

村政用右手擦了擦自己双眉紧皱的脸，望着大厅里的所有人说道。

“说的也是。结果正如众位方才所看到的，我对众位的协助表示感谢。那么接下来就先请各位暂时回房去吧。”

众人纷纷站起身来，先是医生夫妇，之后是芝浦夫妇和中村、古川二人，各人全都起身离席。就连大厨也消失在了厨房里。

“好了。”村政把手轻轻放到江波的肩上，“请你到我们的房间来一下，给我们详细地说说事情的经过吧。”

“我呢？”

久留美抬起头，充血的双眼紧盯着警部，然而她的脸上却看不到半点的泪痕。

“等我们找江波问完之后，自然会找你问话。”

久留美一脸恳求的表情，静静地低下了头。

就在警部带着江波准备向走廊走去的时候，独自留在大厅里的上条忽然开口说道：“请稍等一下。”

刑警和嫌疑人全都一脸意外地扭头望着他。

“我可以问江波一个问题吗？”

上条冲着村政说道。村政先是瞥眼看了看江波，之后又冲着上条点了点头：“请吧。”

上条咽了口唾沫。

“我想问的并非其他事。你为什么会知道宝石的事，而且知道它们就埋藏在《鹅妈妈童谣》指示的地方呢？”

江波停顿了几秒钟，仿佛是在思考他这问题的用意。之后，江波回答道。

“宝石的事我是听她……是听久留美说的。而其埋藏的地点就在暗号所指示的地方这一点，则是从原公一的口中打听到的。”

“是你直接找原公一打听的吗？”

“这个……”

江波把无神的目光投向了久留美。久留美开口说道：

“是我找他问的。因为我当时看他对暗号似乎很感兴趣。”

“原来如此。”

“问够了吧？”警部说。

上条比了个多谢的手势说：“打搅了。”

空荡荡的大厅里只剩下了五个人。久留美全身无力地坐在桌旁，她对面坐的是菜穗子和真琴。三个人之间放着国际象棋的棋盘，其中的一方正处在将军的状态。

上条坐在柜台旁，高濑则在柜台后为他兑酒。不知何时，经理的身影已从柜台旁消失不见。

“我和他在东京见过好几次，应该可以算得上是恋人。”

久留美的话打破了大厅里的沉寂。

“我们彼此私订了终生，但如果想要过上好日子，我们缺少的东西实在是太多太多了。我既没文凭又没依靠，整天就在酒吧之间来回辗转，而他也只是个不知明天是否还有饭吃的公司小职员。我们都想找个机会摆脱生活带来的压力和阴影。就在这时，我们遇到了原公一。当然了，刚开始我们并没有想到杀人这种可怕的事，只是想在原先生挖出宝石后再把那些宝石给抢走。那天夜里，原先生说他明天准备动手去挖，所以晚上要早点睡，结果他却做了那种事……那天晚上，他见原先生拿了瓶可乐回房，便跟着原先生到房间去，趁着说话的间隙，把毒药下了进去。而到头来，我也还是协助了他。”

“也就是说，江波是在杀了人之后才把事情的经过告诉你的吗?”

听到真琴的问题，久留美轻轻点了点头。

“然而我却没有劝他自首，而且我自己也是共犯。而且还帮着他制造了密室……之后的事，我想大概就不必再说了吧？一切都像刑警所说的那样。凭借着原公一的解读文，我们找到了那些宝石。但如果我们立刻就把宝石挖走，或许便会招来他人的怀疑，所以我们隐忍了一年。之所以要隐忍一年，原因就在于，如果不是相同的季节，那么夕阳的角度或许就会有所不同。”

“毕竟川崎当时埋藏宝石的时间也与现在恰巧一致啊。”

听过真琴的话，久留美点了点头。

“大木被杀的理由是否也像村政警部所说的那样？”

“是的。”久留美的嗓音听起来似乎有些沙哑。

“大木虽然不知道我也是帮凶，但就像刑警所说的，他确实曾经要挟过江波，让他拿出封口费。我们当时决定答应他的要求，问他想要多少，大木当时回答说，要等验过货之后再决定。”

“所以你们就在开派对的头一天晚上让他看了货，是吧？”

菜穗子回想起了那天夜里的冰冷空气。

“把宝石挖出来之后，我们暂时把它藏到了那间烧炭小屋里，所以我们在那里让他看了东西。当时大木的眼睛都绿了。之后他提出了分成。他的提议远远超过了我们的预想，几乎到了五五分账的地步。”

菜穗子的眼前浮现出了大木那副精打细算的脸庞。那副看似聪明的外表下原来也藏着一颗冷漠而贪婪的内心。

“可当时我也死心放弃了，打算全盘接受他的要求。毕竟那些宝石的总价高达几千万，就算只是其中的一半，其数额也非常可观。可是……江波当时却说，即便我们答应了大木，他也未必会就此善罢甘休，搞不好他这辈子都会阴魂不散地缠着我们……”

“这倒真的很有可能。”

真琴的话，基于对大木性格方面的考量。

“所以，他就做出了那样的事来……我已经说过我不想再杀人了，但没想到他设下了那样的机关。”

说到这里，久留美就像用尽了全身的力气一样，把头埋到了交叉在桌上的两臂之间，涂着指甲油的指甲，深深地嵌进了另一条胳臂的肉里。

菜穗子与真琴对望了一眼，仿佛吐出郁积心底的情感，重重地叹了口气。尽管整个案件已经解决了，但两人的心情始终无法明朗，相反，心中的阴霾变得更加地凝重。

“我们也回房去吧。”

“说的也是……”

菜穗子同意了真琴的提议，从椅子上站起身来。自己究竟得到了些什么？菜穗子不禁扪心自问。不但没能得到什么，反而失去了许多。尽管如此，她也决意如此。

就在两人把椅子收回桌下转身准备离开之时，只听有人突然说道：

“请稍等一下。”

发话的人是从刚才起一直沉默不语静静聆听着她们谈话的上条。只见上条转过回旋椅，面朝着三人说道：

“久留美小姐，你要说的话只有这些吗？如果你还打算隐瞒下去，只会加深你的罪孽哦。”

久留美深埋在两臂间的头微微一颤。上条一手握着酒杯，另一只手指着她说道：

“川崎一夫不也是你杀的吗？”

5

上条一手端着酒杯缓缓走近久留美的桌旁。听到他的脚步声，久留美抬起了头。

“听你刚才的这番话，感觉所有的一切都是江波一手策划，而你却只能在一旁瑟瑟发抖啊？但这一连串的案件不都是因为你杀害了川崎而引发的吗？”

久留美睁大了眼睛，连连摇头。

“我没有杀他。”

“别再装蒜了。”

上条拖过之前菜穗子坐的椅子，猛地坐下身去，椅子发出了嘎吱地响声。“据刚才江波所说，你们是听原公一说宝石就在暗号所指的地方，是吧？”

久留美并没有回答，而上条则把她的这种态度当成了默认。

“但这种事是绝对不可能的。其原因就在于，原公一当时根本就不知道宝石的事。”

“哎？”

菜穗子不禁惊叫了一声。公一不知道宝石的事？这不可能。之前说公一似乎在寻宝的人不就是上条自己吗？

看到菜穗子一脸的惊诧，上条先扭头向她道了声歉：

“之前向你撒了谎，实在是万分抱歉。其实，当时是我把原先生给请到这里来的。这么做的目的，就是想请他帮忙解读那些暗号。因为我这人学识浅薄，是没法把那些暗号给解读出来的。”

“上条先生，这究竟是……”

听真琴如此一问，上条面带羞涩地轻咳了一声。

“我受了川崎家的委托，奉命调查川崎氏的死因和宝石的下落。之前虽然一直没能查到任何有关死亡原因的线索，但是从某些渠道得知了宝石就藏在暗号所指明的地点。所以去年我就邀约了原公一先生，来到了这家旅馆。”

“所以哥哥他才会来到这里……”

听到菜穗子的声音有些哽咽，上条深深地低下了头。

“公一和我只是在半路上偶然相遇的，最后却把他卷进了这事，真不知该怎样向你道歉才好。”

说完，上条抬起头正视着久留美，与面对菜穗子时不同的是，他的眼睛里发散出犀利的目光。

“当时我虽然恳请公一帮忙解读暗号，但我并没有告诉他那地方埋了什么。当时他自己也说，他感兴趣的只是暗号本身，至于那里埋的是什么，他根本就不想知道。如此一来，你刚才说这事是他告诉你的，根本就是在撒谎。”

菜穗子站在久留美的身后，她无法看到面对上条的责问久留美的脸上究竟是怎样的一副表情。过了一阵，只听久留美用不带半点感情的声调回答道：

“当时他并没有明确地说过那里埋的是宝石，可既然他说那地方似乎埋了什么东西，那么我想应该就是那些宝石才对。因为之前我就听人提起过宝石的事。”

“哦？那你又是怎么得知的有关宝石的事呢？就我调查的结果来看，这家旅馆里，只有大厨一个人知道这件事。这件事是在他前去参加葬礼时听人说起的，而且在那场葬礼上他还遇到了我。我当时恳求过他，让他不要对任何人提起宝石的事。而他也只在菜穗子和真琴面前提起过这件事。”

“可大厨说，他之前对公一也提起过……”

上条点了点头，就像是早已知道真琴接下来要说些什么似的。

“是我让大厨这么和你们说的。这样一来，你们的推理也就会更加地顺利了。”

原来如此。菜穗子终于明白了事情的原委。怪不得自打来到这家旅馆之后，所有的谜解开得都是如此地顺利。原来是上条在背后牵线搭桥的缘故。

上条犀利的目光再次投向了久留美。

“请你告诉我，你是从哪里得知宝石的事?”

久留美挺直脊背，面对着上条。她的身影早已不再像刚才那样纤弱无力。

“我当时就听说了。”

久留美沉稳的语调把菜穗子给吓了一跳。

“之前我也曾去过川崎的那家店，在店里听到了些传闻，说他当时带走了价值几千万的宝石。”

上条撇了撇嘴，说道：“你觉得我会相信你这种话吗?”

久留美把头扭朝一边，感觉就像是在说“信不信由你”一样。只听上条笑道：

“你终于上钩了啊，久留美小姐。不对，应该说，你在两年前就已经上钩了。”

久留美一脸惊异地望着上条。菜穗子和真琴也同样盯着他的脸。上条得意扬扬地说：

“川崎当时的确带走了价值几千万的宝石，不过这一点还需要有个前提条件。这前提条件就是：如果那些宝石全都是真的。”

不知是谁“啊”地惊叫了一声。菜穗子猜想或许是自己，因为她所受的冲击就是如此之大。想来另外的两人也一定如此。久留美全身僵硬，一动不动。

“吃惊不小吧?”

上条的表情感觉就像是在享受着久留美的反应一般。

“当时川崎带走的全都是些假货，不是着色翡翠就是人造宝石。就算拿去卖掉，也只能换来几文零花钱。那些与川崎本人有关的人全都知道这事。不光大厨知道，连警察也知道。所以直到现在都没人提过这件事。如此一来，也就不可能会流传出他带走了几千万宝石这种传闻。所以，你根本就是在撒谎。”

久留美的身子依旧僵硬着。或许是看出这下子再辩解也没用了的缘故，久留美一句话也没说。上条接下来的话给了她更加沉重的打击。

“现在你明白了吧？你和江波杀了这么多人，最后不过只是竹篮打水罢了。你们拼了性命换来的不过只是些上过色的玻璃球罢了。这一切，都是你杀害川崎引发的悲剧。”

久留美像个梦游患者似的站起身来，喃喃说道：

“我没有杀人。”

“撒谎也没用。你得知川崎身上携带着宝石之后，心里就萌生了谋财害命的想法。结果你却一直无法找到那些宝石，于是便想起他之前曾经拿着铲子出去过——事情的大致经过就是这样。”

“我没有杀人。”

“你撒谎。”

“我没有……”

就像一只坏掉的机械人偶，久留美再也没有动过一下。之后她体内的齿轮忽然狂转起来，动作僵硬地扭过头来望着菜穗子和真琴。

她的眼眸里并没有映出菜穗子她们，瞳孔之中一片空白。久留美半张着嘴，却什么也没有说。

菜穗子感觉自己仿佛看到一些东西正在久留美的体内渐渐崩塌。或许说是“溶化”更为贴切。仿佛是在昭示着所有的一切都已消失了一样，她端正的容貌微微变得歪斜。菜穗子的脑海里，突然联想起了蒙克的名画《呐喊》。

其后的一瞬间，久留美高声尖叫了起来。那声音听起来感觉不像是人类所发出的。面对这突如其来的变故，菜穗子、真琴和上条全都不知所措，呆立在当场。

之前回房的客人们又纷纷回到了大厅之中。

6

翌日清晨，芝浦夫妇、古川和中村都离开了旅馆。菜穗子和真琴一直把他们送到了玄关外。

"我们先告辞了。"

两手抱着行李，芝浦冲着菜穗子她们低下了头。菜穗子她们也低头回应。

"都怪我们，让你们这趟旅行白白泡汤……实在是万分抱歉。"

"没这回事，这也算是一种经历吧。这种事，估计这辈子都再难遇上了。不过发生了这么多的事，也让人觉得有些困扰。"

芝浦一脸严肃地说道。他身旁的佐纪子一脸的微笑。

眼看着面包车渐渐远去，两人回到了大厅里。医生与上条早已摆好棋局，展开了鏖战。上条懒洋洋地盯着棋盘，仿佛早已把昨天的事忘到了九霄云外。看到这样一副与往日毫无差别的景象，菜穗子放下了一颗悬着的心。

"得知了你的身份之后，我算是放心了。"

医生说。

上条挑起眉毛说道："为什么？"

"和人下了二十多局，结果却连对方是个什么人也不知道，这也实在太不像话了。之前我一直输给你，其中也有这方面的原因。"

"可人家上条不也同样对你一无所知吗？除了知道你是名医生之外。"

太太在一旁插嘴道。

"不，我对两位的事还是多少知道一些的。"

"哦？你都知道些什么呢？"

"各种事。比方说，两位和女儿女婿吵架之后搬了出来，还有这时候医院里明明挺忙的，而两位却故意跑出来旅行。"

医生放下了手中的棋子。

"你这人挺有意思的啊？"

"毕竟这是我的工作。"

"结束了这桩长达三年的工作，你此刻的心情估计挺不错吧？带着宝石店老板之死的真相和那些赝品宝石去，你能拿到多少报酬呢？"

"也就只够让我稍稍休息上一段时间罢了。"

"嗯，只要能够欺瞒他人就算成功，这工作也挺轻松嘛。"

"有用得着我的地方，您尽管吩咐好了。"

说着，上条发起了将军。

中午前，村政警部来到了旅馆。就像当初第一次见到他时一样，三人在大厅最靠里的桌旁相对而坐。

"两人自首了。"

尽管眼角上还渗着疲累的神色，但村政的脸色看起来还算不错。

“杀害原公一先生时的步骤，设计的挺周详的啊。比方说，江波从雪道上进入房间时对鞋子的处理。毕竟当时不能穿着湿鞋进屋。当时那家伙先穿上室内穿用的拖鞋，然后再套上塑料袋出门。回到屋外后，又把塑料袋取下，塞进衣兜里。如此一来，就不必担心会留下湿脚印了。”

“也就是说，这并非是他们一时突发的主意吧？”

“这是一场有预谋的犯罪。”

村政断定道。

“除此之外的事，大致就和之前所推理的相吻合了。接下来的问题是谁是主谋谁是共犯。据他们本人的供述来看，两人中的主谋者应该是江波。”

“您可真会卖关子啊？”

真琴似乎早已看穿了警部的心思，开口说道。只见村政苦笑着搔了搔头。

“实际上，策划和实施的人都是江波。但我个人总觉得，最初提议的人应该是久留美才对。或许她当时并没有把话说得很清楚，而只是稍稍暗示了江波一下。在我个人来看，感觉江波似乎是被久留美操纵着一样。其中最好的例子就是有关毒药的事。”

“没错。”真琴一字一顿地说，“毒药那件事目前还完全不明呢。”

“对。乌头碱这种特殊的毒药，其入手途径实在是让人颇感兴趣。经过追查，我们听说了一件有趣的事。”

“什么有趣的事？”

“两位是否知道，久留美有一条挂坠？”

“就是那条小鸟形状的……”

只听菜穗子说了个开头，警部便点了点头。

“听人说，那条挂坠原本是这里的主人的东西，之后经理又把挂坠给了她。那挂坠的背面有个小盖子，挂坠里装着乌头碱。”

“毒药装在挂坠里？”

菜穗子回想起了那位英国贵妇自杀时的事。对，她当时就是服毒自杀的。而那位贵妇却把自己服食的毒药装在挂坠里，送给他人做留念。这究竟是为什么呢？

“刚开始的时候，我们也闹不清那粉末到底是些啥玩意，让野猫舔过之后，那只猫当场就死了，我们这才明白那粉末是种剧毒。那女孩居然敢带着这种东西四处走动，真是个可怕的家伙。我们怀疑去年那场毒杀案的主谋可能就是久留美，但当时我们手上没有充足的证据。”

“原来如此，难怪你说话会吞吞吐吐的。”

真琴连讥带刺地说。

“真是的。”

村政皱了皱眉，之后又再次笑了起来。

“有关杀害川崎那事的进展呢？”

“久留美已经大致承认了，只不过，她却主张并非是有意杀人的，而是说当时川崎把她叫到了石桥边，她自己险些遭到杀害。川崎当时质问她是不是看到他埋藏宝石的地点了，之后就猛地扑了过来。久留美说没看到，可对方却不相信她的话，两人扭打到一起，之后川崎就摔下了山崖……”

“听起来似乎说得通。”

“没错。”村政点了点头，“就算对方手上有宝石，一般也不会立刻产生谋财害命的想法。如果没有发现什么矛盾，我们决定对她的话予以采信。”

菜穗子忽然心想：就算当时久留美只是失手杀了人，可后来她却变成了一个对杀人这种事有免疫力的魔女了。

“最后宝石是在哪儿找到的？”真琴问。

“就藏在这里的杂物间里。虽然那些东西值不了多少钱，但最后还是得把它们还给川崎家才行。”

“警部你早就知道这件事吧？”真琴的语气中带着一丝责问的味道，“你知道那些宝石是赝品，所以才说不可能会因为宝石发生杀人案？”

没有人会为了一些赝品而拼上性命。

村政一脸歉意地低头致歉道：“我本不想骗你们。对了，在发现宝石的同时，我们还发现了一些东西。我们觉得这东西最好还是还给你。”

村政从包里掏出五本书，每一本的封面都已经被扯坏。看到书的名字，菜穗子不由得“啊”地惊叫了一声。那是一套和她们买到的完全一样的《鹅妈妈童谣》书。

“这东西莫非……”

“对。”村政点了点头，“这书是你哥哥的。之前凶手也不知道该怎样把它给处理掉才好。而且其中一本的封面上还写着他当时的解读结果。”

他把其中的一本放到了菜穗子的面前。

一串既熟悉又令人怀念的字迹映入了菜穗子的眼帘。

“当天空染成绯红之时，影子中的伦敦桥便会完工。当桥完工之时，东西就埋藏在下边。”

公一当时果然已经解读出了暗号。估计他也是在给菜穗子寄出那张“马利亚何时归家”的明信片之后才解读出来的吧。而且当时他用的也是同样的一套书，这一点让菜穗子感觉暖暖的。

“哎？这是什么？”

真琴拿着其中的一册偏起了头。那本书并非《鹅妈妈童谣》，而是一本关于凯尔特民间传说的书。

“大概是本参考资料吧。”

村政说。

“肯定是这样。凯尔特是英国古代民族中的一支，大概哥哥当时连这方面的资料也查过了吧。”

“是吗？”

真琴看起来似乎还有些疑问，但她把书放回了原处。

村政向两人告了辞。尽管菜穗子并不喜欢这位个头矮胖、说话总喜欢兜圈子的刑警，但她不得不承认，村政的确是一位称职的警部。

下午，医生夫妇和上条也启程离开了旅馆。夫妇两人的穿着和刚见到菜穗子她们时一样，手里提着同样的包上了车。

“回到东京之后，记得常联系哦。”太太坐在车里说道，“我会带你们去尝些比这里的饭菜更美味的东西。”

“我服了你。”大厨在她身后耸了耸肩。

医生隔着车窗伸出手来。

“再会吧。她推荐的那些难吃的玩意儿，根本就不必去吃。”

最后一个上车的是上条。他和菜穗子、真琴分别握了握手。

“所有的一切全都在你的掌控之中啊。”

真琴握着他的手说道。上条盯着她的眼睛说：“如果没有你们，问题也就没法儿解决了。”

“第一次握手时就该觉察到的，最近已经很少有人这样用劲儿和人握手了。”

“再会吧。”

“再会。”

车子稍稍滑行了一下，之后便缓缓开动了起来。菜穗子怔怔地望着车子远去。众人心里都很清楚，或许这辈子都再难相见了。几滴泪从她的眼眶中涌了出来。

半夜里，真琴摇醒了菜穗子。菜穗子微微睁开惺忪的睡眼，就看到真琴眼神冷峻地站在自己面前。打开的灯晃得人有些睁不开眼。

“怎么了啊？真琴。”

菜穗子搓揉着脸颊，看了看表。时间是半夜三点。

“你起来一下，我有话要和你说。”

“这么晚说？明天再说不行吗？”

“这事儿就得现在说，你快点起来吧。大事不妙，我们把暗号弄错了。”

菜穗子迷迷糊糊地听着真琴讲述，然而真琴的最后一句话让菜穗子彻底清醒了过来。

“你刚才说什么？”

“错了，我们的解读结果是错的。”

“什么？”

菜穗子一下从床上跳了起来。

“马利亚何时归家？从《七星瓢虫》之歌里找到的‘天空绯红之时’的答案的确没错。但它揭示的未必一定是晚霞。还有另外的一种时候，天空也会变得绯红。”

“朝霞?”

“对，还有朝霞。”

“但问题是‘马利亚归家之时’啊？归家的时候，肯定是傍晚嘛。”

“但那个马利亚有些与众不同。你还记得吗？那个马利亚像上长着犄角。”

“我记得。不过不是说那不是犄角吗……”

“就是犄角。所以说，那尊像根本就不是马利亚。那不是马利亚，是魔女。”

“魔女?”

“对，这本凯尔特民间传说里就出现过有关长角魔女的故事，说长犄角的魔女半夜跑到一家妇人家里，干尽了各种坏事。妇女为此困扰不已，跑去与井里的精灵商量，从精灵那里学会了一套击退魔女的咒语。那段咒语是这样的：你的山和山的上空起大火了。”

咚地一声，菜穗子感到心脏内侧传来了一阵冲击。

这句咒语竟与《七星瓢虫》中的某一句如此相似！

“七星瓢，七星瓢，快快飞回家……”

听着菜穗子起头，真琴也跟着唱了起来。

“屋子着火了。”

“我一直觉得久留美的话很奇怪。她之前不是说过，公一那天夜里说他解开了暗号，要早点睡觉吗？可他为啥非得早睡不可呢？”

“是为了第二天早起吧？”

“准确地说，是为了赶在第二天的日出前起床吧。虽然公一寄出那张明信片时一直以为那尊像是马利亚，但后来他立刻就看出那是魔女来了。”

菜穗子再次看了看表。“明天的日出时间是几点？”

“不清楚。不过我想最好是在四点以前出门。”

“四点啊……”

看着手表，菜穗子心想，这下子不能再睡了。

“日出时出现的石桥影子的方向就会与之前相反，你认识路吗？”

“只能把高濑给叫醒让他带我们去了。只要把话跟他说清，估计他也会理解。而且到时候还得用到铲子，所以还要请他给开一下杂物间的门。”

四点，两人敲响了大厅里员工房间的房门。两人本以为要使劲儿响门才能叫醒高濑，可屋里立刻便有了回应。而且那声音听起来似乎也不是很困。

高濑在训练服外套了件夹克，看到眼前的两人，他不禁睁大了眼睛。

“这么晚，有什么事吗？”

“我们想请你帮个忙。”

菜穗子说。

“帮忙？”

“我们还要再去挖一次。”

其后，菜穗子给高濑简单地解释了一下之前解读暗号时的失误。高濑听后也大吃了一惊，说了句“这可不得了”，之后便消失在了房门后。

屋里传出高濑大声向经理和大厨解说的声音，对方回话的声音也同样很大声。

过了一阵，经理打开房门探出头来。

“知道了，我们这就出发。”

十分钟后，菜穗子、真琴、高濑，经理和大厨五个人从杂物间里拿出铁铲，一起出发了。走在最前边的是高濑。

“话说回来，这事真是让人大吃一惊啊。”

大厨扛着铁铲边走边说。

“这么说来，川崎、公一、江波，还有菜穗子小姐和真琴小姐，你们全都把那段暗号文弄错了？”

“不，估计公一的解读是正确的。”真琴扭头回答说，“江波当时估计只看到了一句‘天空绯红之时’，所以才会弄错。”

“哦，原来如此。结果江波的误读与川崎的误读完全一致，所以他才找到了那些宝石，这事可还真是歪打正着，有够讽刺的啊。”

“不过话说回来，暗号真正指示的地点，那里到底埋着些什么呢？”

高濑一脸紧张地问道。

“难道是她当时埋下了些什么东西？”

大厨问。

他似乎是在问经理，可经理却只是摇了摇头。菜穗子心想，大厨话里所说的“她”，指的应该就是那位英国妇人。

“朝霞马上就要来了。”

真琴抬头望了望东边的天空，只见天边已经露出微微的曙光。

“走快点儿吧。”

高濑加快了步伐。

几分钟后，太阳缓缓地从东边高耸的两座山之间探出了头。这时候菜穗子终于明白了暗号只能在一年中的这个时节才能解读出来的道理。只要时节稍有不同，太阳就会被两座山中的一座挡住。

晨曦下，石桥在河床的上部投下了影子。此刻，影子已经完全接到了一起。

“就在那里。”

真琴说道。积雪深得让人难以迈步。即便如此，大伙儿也拼命地往前走去。只要迟了一步，位置便再难确认。

“这里。”

最先赶到的高濑在雪地上插下了铁铲。紧接着，真琴和经理也握起了铲子。

大厨挥下的铲子咯噔地响了一声。其余四个人也突然变了脸色，开始刨起土来。没过多久，土里露出了一只一米见方的木箱盖子，看起来比之前那只装宝石的箱子要大上许多。

“找到了……”

真琴说。

“打开看看吧。”

经理把铁铲的边缘插进箱盖的缝隙，打算撬开盖子。木箱的盖子一边发出着吱呀声一边被撬了开来。

“开了。”

大厨迫不及待地推开箱盖。几个人往箱子里一看，脸色全都在霎时间变得煞白。

“怎么会这样……”

菜穗子用手捂住了脸。出现在他们眼前的并非宝物，而是一具已经化为森森白骨的尸体。

7

高濑跑去联系警察时，剩下的四人既没有走开也没有靠近，而是手持铁铲，呆站在原地。尽管他们之前都没有亲眼见过真正的白骨，但从其大小上来看，大致可以猜出，那应该是几年前死去的那位英国妇人的儿子。当时那位英国妇人埋下了儿子的尸体，而把《鹅妈妈童谣》的咒语留在了旅馆之中。

“我终于明白了。”

真琴怔怔地说道。她从牛仔裤的裤兜里掏出小本子，翻开其中的一页，递到了菜穗子的眼前。

“这是《杰克与吉尔之歌》。之前我就一直纳闷，为什么这首歌与暗号没有半点关系。”

“《杰克与吉尔之歌》?”

菜穗子接过了本子。

> 杰克和吉尔上山去打水。
> 杰克一跤摔破头，
> 吉尔跟着也跌倒。

“听说她的儿子当时是从山崖上跌下来摔死的吧？”

真琴向经理的大厨问道。

大厨一脸痛苦地点了点头。

“杰克指的大概就是她的儿子，而吉尔则是之后决心自杀的那位英国妇人。她儿子的尸体就埋在伦敦桥下……原来如此，仔细想想倒也没错。伦敦桥下埋的本来就是人柱。”

“抱歉……”

大厨对真琴的话似乎并不感兴趣，插嘴道：“能麻烦你们先回旅馆去吗？这里只留下我和经理就够了。”

终　章　1

不到中午，菜穗子和真琴便离开了“鹅妈妈旅馆”。白骨的骚乱虽然还未平息，但如此一来，旅馆里就不剩一位客人了。之后的事就交给经理和大厨去处理好了。

坐上来时的那辆白色面包车，两人把旅馆甩在了身后。红砖围墙，尖尖的屋顶，如今回首望去，给人的印象已与之前截然不同。

“有件事我没弄明白。”

坐在一脸留恋地回望着身后的菜穗子的身旁，真琴抱着双臂，喃喃说道。这是她想事情时的表情。

“每次看到真琴你的这副表情，我的心里就会感觉害怕。”

“川崎一夫为什么要把宝石埋到暗号所指示的地方去呢？就算这是他临死前所做的事，却总让人感觉有些不大正常。”

“说了啦……”菜穗子有些欲言又止，“他本来就不正常。”

“是吗？可那暗号并非脑子不正常的人所能解开的。听说川崎是在死去的半年前就到旅馆去了，估计是他当时就得知了咒语的事，花了半年时间，解开了那段暗号。他这样做，感觉似乎有什么目的啊。”

真琴虽然一脸不快，但也没再说什么。

车子分毫不差地沿着来时的路逆向行驶着。一路上看不到半辆车子。菜穗子再次深刻地认识到，自己之前所待的旅馆与外界相隔得多么遥远。

“我可以说我自己的推理吗？”

一直默默地操纵着方向盘的高濑突然开口说道。两人吃了一惊，不知该如何回答才好。过了一阵，菜穗子才微笑着说了句“请讲”。

透过后照镜，高濑与她对望了一眼。

“川崎当时早已决心一死，但即便如此，他还是带走了宝石。这其中必定有原因。”

“不是因为他想在死前做点自己想做的事吗……”

听了菜穗子的话，高濑微微一笑。

那是否定的笑容。

“既然如此，那么他就不会把宝石给埋掉。把那些宝石拿去换成现金不就行了吗?”

“深有同感。”真琴抱着手点了点头，“所以，他并不是为了自己才偷的。”

“没错。”

路上出现了一处急转弯，高濑灵巧地操控着方向盘。

“我觉得他是为了某个人才偷的。”

“某个人？有这样的人存在吗?”

“有一个。”

“谁？血亲?”

说完之后，菜穗子自己也愣了。她的脑海之中浮现出了川崎一夫在二十年前曾经有过外遇，甚至还让对方生下了孩子的事。

“原来如此，他是想留给情人的孩子啊。”真琴也回想起了大厨的话，但她依旧有些不解，“可他为什么要埋到暗号里所指的地方去呢?”

“他是不可能正儿八经地留给那孩子的。一下子把价值数千万的宝石交给那孩子的话，那孩子也不知该怎样处理才好。因为那孩子没法解释这东西是怎样得来的。所以他就选择了以路上拾得的形式。”

“是吗？先把宝石埋到暗号指示的地方，之后再把解读方法告诉那孩子？过上一段时间以后，那孩子再去把宝石挖出来。只要那孩子是川崎的私生子这层关系没被捅破，那么那孩子与宝石之间也就不存在什么因果关系，会被当成拾得物来处理。”

“如此一来，问题就会回到当初是谁埋下的宝石。因为当时川崎住宿时用的是假名字，所以人们不会追查到他的头上。比较妥当的推断是，宝石是旅馆先前的主人——那位英国妇人埋下的，但这事同样也无从证明。到头来，宝石就会成为那孩子的囊中之物。”

“既然如此，那么那个私生子应该早就到这里来把宝石挖走了啊？”菜穗子说。

“估计那孩子当时只听他说了这个计划，还没来得及听他说解读的方法，川崎就死掉了。后来又听人说，那些宝石不过只是些赝品……事情的经过大致便是如此吧。”

“唔……”

尽管在法律上是彻头彻尾的陌生人，但得知自己的亲生父亲拼命设计安排下这一切，结果那些宝石却只是些赝品时，那孩子的心境又会如何？

“可是当时川崎的太太却觉察到了自己丈夫的不良企图，为了以防万一，偷偷地把那些宝石调了包……当时或许她已经看出丈夫是想把宝石拿到情人那里去。一旦有了这种想法，女人的心就会变得很可怕。”

“之前上条说过，他是从通过些渠道得知宝石埋在暗号所指的地方的，那究竟又是一条什么渠道呢?”

菜穗子回想起了昨天的事，开口说道。

只听身旁的真琴不冷不热地说：

“肯定是那孩子联系了川崎家。对吧？高濑。”

或许是忙着操控方向盘的缘故，过了一阵，高濑才回答了一句“或许吧”。

没过多久，车子来到马厩般的车站外。高濑一直目送着两人进了检票口。

“帮了我们这么多忙，谢谢你。”

菜穗子躬身表示谢意。

“哪有……我什么忙都没帮上。”

高濑面带羞涩地摆了摆手。

“接下来你打算怎么办?”真琴问。

“先回静冈，到我老妈那里去，之后的事再慢慢考虑。”

“是吗……代我们向你母亲问好。”

“好的。”

真琴伸出了右手。高濑先是看了她一看，之后便重重地握住了她的手。菜穗子也和高濑握了手。

列车开进了站里。

菜穗子和真琴边走边低头致意。突然间，真琴停下了脚步。

“高濑，我们还不知道你的全名呢。”

“我叫启一，高濑启一。”高濑大声说道。

真琴挥了挥手。

“再见了，启一。”

菜穗子也跟着挥手。

高濑不停地挥着手，直到列车开动起来。

远远望着高濑，真琴喃喃说道：

“他大概也是为了追查父亲之死的秘密才到这里来的吧?”

只用了一瞬，菜穗子便明白了真琴这话的意思。她深吸了一口气，再次扭头回望着窗外。一股想要再次挥手的冲动充满了她的心，然而车站却早已远去不见。

终　章　2

大厅里只剩下两个男子，一个满脸络腮胡，一个身材较胖。两人并肩坐在柜台旁的柜子上喝着廉价的加冰苏格兰威士忌。

胖子开口说道。

“为什么?”

络腮胡似乎没明白对方的问题是什么意思，偏着脑袋想了一阵。

胖子再次问道：“这东西怎么会和那孩子一起装在木箱里?”

胖子把一片金属片扔到了柜台上。响声在大厅中扩散开来，随后又消逝无形。

络腮胡瞥眼看了一下那东西，冷冷地回答。

“估计是那孩子死的时候带在身上的吧。”

“我说了。”胖子握紧了手里的酒杯，“我在问你这是为什么?”

络腮胡没有回答，只是充满哀怜地盯着酒杯里渐渐沉淀的琥珀色。胖子接着说道：“当时你说没找到，外边下起了大雪，所以回来了，眼里甚至还带着不甘心的泪水。那眼泪难道只是流给人看的?”

“不是的。”

络腮胡终于开口说道。但说完之后，他又像牡蛎一样紧紧闭上了双唇。胖子一把攥住酒瓶，一脸焦躁地往杯里倒酒。

“说吧，到底发生了什么？当时你到底有没有找到那孩子?”

沉默从两人间流过。除了两人的呼吸之外，再也听不到任何声音。胖子盯着络腮胡的侧脸，而络腮胡的目光却停在酒杯上。

“我找到那孩子的时候，”络腮胡缓缓说道，“他还活着。”

胖子的脸抽搐了起来：“你说什么?”

“当时他虽然在大雪中晕了过去，但还有呼吸。我背起那孩子，一边想象着她见到那孩子时的欣喜表情，一边往前走……”

络腮胡叹了口气，咕嘟一声，喝下一大口威士忌。

“我不记得究竟是因为雪下得太大，还是因为脚下打滑，或许两者都有。等我回过神来的时候，我已经跌倒在了地上。也有可能是因为找了太久身体已经有些吃不消了的缘故。我挣扎着想爬起身，可是脚却已经崴伤了。那孩子的身影从周围消失了。我用单脚支撑着身体四处寻找，最后才发现他被挂到了山崖的半山腰上。当时，靠我的脚是没法到那里去的。我拼尽全力回到山庄，打算把事情的经过告诉所有人……”

“可你最后没说……”

“我本想说出来的。可当我在山庄里看到她时，就再也说不出来了……”

“……为什么?”

“她当时正抱着丈夫的遗像祈祷。那一瞬，我明白了一切。对她而言，那孩子就是她丈夫的分身。只要有那孩子在身边，她的心就不会转移到其他男人身上。”

“……”

“那天夜里，我本想向她求婚。”

“……”

胖子把目光从络腮胡身上挪开，仰头喝干了杯里的酒。之后他紧紧握着空酒杯，向正面的架子使劲儿砸去。玻璃破碎的声音在大厅里回荡，之后又归于沉寂。

络腮胡面无表情，仿佛什么都没听到。

“第二天，她发现了那孩子的尸体，同时也发现了这东西。估计是那孩子坠崖时揪下来握在手里的。”

络腮胡拿起了桌上的金属片。

“之后，或许她便知道了我抛弃那孩子的事。但她既没有直接问我，也没有对其他人说起。只是埋下了那孩子的尸体，并用暗号指出了那地方。”

“然后又把那暗号留给了你。”

“所以我留了下来，让自己做那个被我杀掉的孩子的守灵人。解开暗号之后，我就得向人坦白我所犯下的罪孽，如果没人解开，我就得永远为他守灵。”

“这就是她的报复啊。”

“似乎是的……”

络腮胡再次看了一眼金属片。那是一枚以前他曾参加过的某个登山俱乐部的徽章。徽章之上，刻着 KIRIHARA① 的字样。

一直熟睡不醒的真琴突然间爬起身来，把菜穗子吓了一跳。

“我做了个梦。”

真琴的身上似乎出了一层汗。

“什么梦?”

“……我也记不清了。”

“梦就这样的。吃桔子吗?”

---

① 日文有切腹之意，也指姓氏桐原。

“谢谢，不必了。”

真琴从包里掏出了《鹅妈妈童谣》的书，哗啦哗啦地翻到某一页。

“那条挂坠上的鸟，或许就是知更鸟。”

“知更鸟？”

菜穗子看着真琴递来的那一页，嘴里念道：

“是谁杀了知更鸟？是我。麻雀说——”

真琴合上书，说道：“也不知为什么，突然觉得女人挺可怕的。”

菜穗子颇感兴趣地笑了笑。

列车即将驶抵东京。

解　说

凭借清新的校园推理《放学后》拿下江户川乱步奖之后，以二十七岁的年纪便在推理文坛崭露头角的东野圭吾，作为充满年轻人新鲜形象的本格派旗手，继续发挥着他日臻稳定的笔力。

获奖作品《放学后》与多岐川恭的《湿透的心》、小峰元的《阿基米德借刀杀人》同为校园推理，尽管描写的是一起以女子高中密室杀人为开端的连环杀人案，开始时手法也看似单纯，但到最后却以别出心裁的手法来诠释。作为解谜为主的本格推理，处处洋溢着妙趣。

第二部作品《毕业》中的登场人物则是一群大学生。在女生公寓的一间密闭状态的房间中，众人发现了一名大四女生的尸体。在茶道部的茶会上，再次出现了一名被杀的学生。两部作品同为连环杀人案，且都称得上是青春校园推理。

作者东野圭吾，昭和三十三年二月四日生于大阪，从大阪府立大学电器工学系毕业后就职于日本电装公司，以《放学后》夺得乱步奖时，他还是一家公司的社员。

据作者本人透露，念高中时，他所看的第一部推理小说就是《阿基米德借刀杀人》，从此以后，推理小说就一直令他魂牵梦萦。

作者之所以会以校园推理为起点，或许是受了他看的第一部推理小说是小峰元校园推理的影响。

这次收录于文库中的本书——《白马山庄谜案》，是东野的第三部长篇作品。本作以冬天里信州白马的山庄旅馆为舞台，以奇怪案件为轴心，是一部向费解的密室杀人和暗号解读发起大胆挑战、追查凶手的本格推理小说，与之前的校园推理大异其趣。

迫近年关的十二月，两名女大学生——原菜穗子和泽村真琴来到了位于信州白马的山庄旅馆。

一年前，菜穗子的哥哥公一在这家旅馆中离奇死亡。由于房间当时处于密闭状态，而且死者当时也处于精神崩溃状态中，警方认定喝下毒药身亡的公一是自杀而死的。然而菜穗子却一直对哥哥的死抱有疑问，为了查明真相，与挚友真琴一道，在同一季节来到了山庄里。

首先值得关注的就是《白马山庄谜案》发生的地点，被设在了“远离人烟的山庄”这样一个古典式舞台里。

正如众位所知，在推理还被称为“侦探小说”的古典时代里，连环杀人案件的舞台受到空间限制，以一幢洋馆或一户人家中接连发生的命案的例子居多。也就是说，其主旨大多是将登场人物全都集中到一处，最后由名侦探在相关者中发挥推理能力，华丽地解开案件的真相。

范达因的《格林家案件》和埃勒里·奎因的《Y的悲剧》就正属此例。

但在这样的设定中，人际关系总会受到血缘的限制，整个故事也容易变得太过单纯。

对这一点进行了补足的就是“远离人烟的山庄”这样一个设定。如此一来就可以将各种各样的人都组合到一起，更加适合用来创作追查凶手的本格推理小说。

除此之外，名侦探将相关者召集到一起进行解谜也就不会太过不自然了。

有鉴于此，在日本，鲇川哲也的《紫丁香山庄事件》与夏树静子的《W的悲剧》等作品中，这种舞台设定也得到了巧妙地运用。

在这部《白马山庄谜案》中，作者在采用了这种古典舞台的同时，又进行了一些前所未有的崭新尝试。

首先，小说中充当侦探角色的是女大学生原菜穗子和泽村真琴这样一对年轻而充满活力的搭档。真琴身体强健，衣着中性化，说话口吻也颇似男性，时常会被人误会作男子。两人既有着一种淡淡的同性恋情，又各自扮演着自己的角色，一步步解开案件。这一点让人觉得颇为有趣。

这种对比鲜明的女性组合在冈岛二人的乱步奖获奖作《褐色的名马》中也可以看到，但《褐色的名马》中出场的大友香苗是与丈夫一同工作养家的主妇，而另一个则是巾帼不让须眉的赛马预测报纸记者绫部芙美子，两人与身为学生的菜穗子和真琴有着极大的差别。

另一点创新就是将当下流行的西欧山庄设定为舞台，以英国自古传承的著名童谣《鹅妈妈童谣》，给这家由前英国人别墅改建而成的“鹅妈妈旅馆”各个房间命名，此外，还把相关歌词悬挂于各个房间中。这一点同时也成为支撑这部作品趣味性的一种暗号推理式的重要道具。

换作以往那种日式山庄，若是《鹅妈妈童谣》的歌词出现在各个房间中，就会显得很不自然。而在时下盛行西欧式的山庄里，这一点不再是任何问题。

只要读过这部作品就会明白，这些名为《鹅妈妈童谣》的英国童谣重视韵律节拍，内容涵盖动物、滑稽角色、天气、数字歌等，有的幽默诙谐，有的艰涩难懂，丰富多彩，但在成年人的眼里，许多歌都让人觉得残酷血腥、毛骨悚然。

在推理的领域中，《鹅妈妈童谣》的一部分很早就被当作杀人预言的小道具来使用。依照《鹅妈妈童谣》那令人毛骨悚然的歌词，接连发生离奇杀人案件的《主教谋杀案》，和阿加莎·克里斯蒂的《无人生还》都颇负盛名，想来听说这两部作品的读者也不在少数。

东野圭吾《白马山庄谜案》中的创新，就在于深知前人这种将《鹅妈妈童谣》当作小道具来使用——也就是所谓童谣杀人的尝试，转而把这些歌词当成一种暗号，以全新形式巧妙地利用了它们。

菜穗子已故的哥哥公一从当地寄回了一张明信片，信上写了那句“马利亚何时回家”。这句谜一般的话中究竟隐含了什么样的秘密？在两人埋头破解歌词之谜时，又一场案件突然发生……

长田顺行在名作《推理小说与暗号》的序言中提到：“使用到暗号的推理小说中，存在以谜语形式展开文字游戏和用暗号来破案两种手法。两者相互结合的理由就在于，不管是谜语形式的文字游戏还是暗号本身，它们全都是对语言文字的一种人为操控。”他把以暗号为中心的作品定位为暗示小说，以谜语形式的文字游戏为中心的作品定位为暗号式小说，加以区分。

暗号的通例，一般是由没有半点意义的记号罗列作为起始点，文字游戏却并非如此，其出发点是有一定意义的文字。从这一点来看，这部《白马山庄谜案》或许可以算作谜语形式的文字游戏，也就是所谓的暗号式小说。

《白马山庄谜案》中，菜穗子和真琴对《鹅妈妈童谣》歌词的解读，其后又与包括菜穗子的哥哥公一的死亡之谜在内的一连串离奇案件联系到了一起。

以清新的女大学生侦探搭档、解读隐含于《鹅妈妈童谣》歌词中的暗号趣味为中心，同时，融入了作者惯用的密室手法，出人意料地在故事中掀起一波又一波的转折。本作在古典式的舞台中精心设下了各种崭新的意念，令人回味。

创作了这部《白马山庄谜案》之后，东野圭吾的每一部作品也都独具匠心，接连发表了以留下谜一般话语而亡的前工薪族之死和密室杀人为主线的《学生街谜案》、以连环杀人事件为主线的充满意外性的《十一字杀人》、描写天才投手之死的棒球推理《魔球》、以芭蕾界为舞台的《沉睡森林》、描写高台滑雪界杀人事件的异色运动推理《鸟人计划》、新型倒叙推理小说的尝试《布鲁特斯的心脏》等本格作品，每一部的水平都远超同类小说。

《沉睡森林》中，曾在《毕业》里展现过身姿的大学剑道部队长加贺恭一郎在经过几年中学教师生涯之后，以警视厅搜查一课刑警的身份再次登场。伴随着这类侦探角色的不断成长，东野圭吾的推理小说已从校园推理扩展了视野，具有了更加多彩的创作层面。从这层意义上来说，这部《白马山庄谜案》可谓该作家由校园推理开始转型的一部作品，其深远意义值得关注。

权田万治